Cas **tos**

Julio Cortázar y Herederos de Julio Cortázar, 2005

De esta edición:

ALFAGUARA

2005, Aguilar, Altea, Taurus, Alfaguara S.A.
Av. Leandro N. Alem 720 (1437) Ciudad Autónoma de Buenos Aires

ISBN: 987-04-0217-8

Hecho el depósito que marca la ley 11.723
Impreso en la Argentina. Printed in Argentina
Primera edición: octubre de 2005

Prólogo: Luisa Valenzuela
Estudio: Aníbal Jarkowski
Selección de textos: María Cristina Pruzzo
Realización gráfica: Alejandra Mosconi

Una editorial del Grupo **Santillana** que edita en:
España • Argentina • Bolivia • Brasil • Colombia • Costa Rica • Chile
• Ecuador • El Salvador • EE.UU. • Guatemala • Honduras • México
• Panamá • Paraguay • Perú • Portugal • Puerto Rico • República
Dominicana • Uruguay • Venezuela

Cortázar, Julio
　Casa tomada y otros cuentos - 1a ed. -
Buenos Aires : Aguilar, Altea, Taurus, Alfaguara, 2005.
　184 p. ; 19x12 cm. (Roja)

　ISBN 987-04-0217-8

　1. Narrativa Juvenil Argentina I. Título
　CDD A863.928 2

Casa tomada y otros cuentos

Julio Cortázar

Prólogo: **Luisa Valenzuela**
Estudio: **Aníbal Jarkowski**

SERIE ROJA

ALFAGUARA

Por Luisa Valenzuela

Cortázar, el juego del desafío

Meterse en la piel del otro es el consejo que se nos suele dar para comprender las motivaciones del prójimo. Se trata de una invitación a la generosidad y a la empatía, siempre que no se tenga la mirada transversal, transgresora y profunda de un Julio Cortázar. En cuyo caso, el meterse en la piel del otro se convierte en una aventura literaria que nos transforma la vida.

Sabemos que de chico le fascinaban los cristales, materia sólida a través de la cual se transparenta y a veces se desdobla y multiplica la realidad. Y también las palabras. Contó que solía dibujarlas en el aire, con el dedo, para verles la verdadera forma. Su escritura supo respetar estas fascinaciones tempranas y nos legó una forma de espiar lo que está del otro lado de esto que por hábito llamamos realidad.

Hacer visible lo invisible es uno de los secretos del gran arte, y los cuentos de Julio Cortázar suelen alcanzar la frontera de lo que puede ser dicho, y a veces hasta logran empujarla un poco más allá. Escritor de los bordes donde lo oscuro celebra su fiesta en honor al brillo de las tinieblas, logró develarnos instancias ocultas de nuestra propia imaginación. Como en "El otro cielo", donde el protagonista escapa de una medianía de barrio porteño permitiéndose el vuelo a otras instancias cercanas a la novela romántica y de terror.

Pero la presente antología conserva un orden cronológico de publicación, y entonces la gran aventura de meterse en el mundo de Cortázar empieza con un cuento que bien podríamos leer como una advertencia. Ojo, nos dice "Casa tomada" (un clásico de clásicos), ojo, hay que ser muy valiente para enfrentarse a los propios fantasmas. Si se es prudente o timorato, como los protagonistas del cuento, quedamos para siempre expulsados de la casa, es decir de la morada donde laten los monstruos de la propia fantasía. Pero enfrentarlos de frente, a dichos monstruos, puede también confrontarnos con peligros inimaginables. O con una pesadilla de la que no hay que despertar. "Lejana" nos deja entrever esos otros territorios donde, jugando con las palabras y con el propio nombre, nos vemos obligados a saber quiénes somos sin calibrar el terror que nos aguarda.

Es así con Cortázar, es así con el mundo si nos detenemos a mirarlo desde su genial e innovadora perspectiva. El suyo es también un mundo lleno de risas y de extravagantes permisos, donde las "Instrucciones para llorar" o para "...darle cuerda al reloj" (eran otros los tiempos) nos muestran las muy *patafísicas* posibilidades de ver el mundo complementario de éste en el cual creemos vivir.

Un joven e iconoclasta escritor francés, Alfred Jarry, sentó las bases de una nueva "ciencia" que él bautizó Patafísica en los primeros años del siglo XX. Mucho más tarde otros escritores, entre los que se destacó Cortázar, supieron sacarle todo el jugo posible a sus postulados: *no tomar lo serio en serio*, por ejemplo, o *no pensar en las reglas sino en sus excepciones*.

Vale la pena internarse por este camino tan hecho de sorpresas. Los cuentos de la presente antología proponen una verdadera exploración por el reino del lenguaje y sus posibilidades de acceso al alma humana. Nos llevan a descubrir, por ejemplo, venenos que no sólo están fuera de nosotros, en una caja que luce dos tibias cruzadas, sino también en el fondo de nuestro propio corazón.

El juego que nos lleva de la lectura a su interpretación funciona como en espejo, y en alguna parte secreta se agazapa nuestro doble, o aquel que –por no haber sido aceptado en palabras– puede tomar posesión de nosotros y asaltarnos en los momentos vulnerables del amor. Si no lo creen, lean "Las armas secretas" y déjense llevar, sientan el tacto de la bola de cristal en el pasamanos de la escalera –adorno que no existe en la realidad de la historia–, y hundan la cara en las hojas muertas alucinadas por Pierre, el protagonista poseído por recuerdos que no le pertenecen en absoluto.

"Las armas secretas" es uno de los cuentos más misteriosos de Cortázar, donde el escritor logró desplegar a fondo su apuesta por descubrir mundos paralelos que nos engloban sin que podamos discernir cómo ni por qué.

Todos tienen sus dobles, hasta los cuentos del propio Cortázar. Dobles como pueden ser el sudamericano que aparece en "El otro cielo", o ese juego de soñadores trastrocados que son el motociclista y el indígena precolombino en "La noche boca arriba". O el lector y a la vez víctima de su propia lectura, que en la "Continuidad de los parques" ve su espacio transformado en una cinta de Moebius o en una serpiente ouroboro que se muerde la cola.

Cortázar alguna vez dijo que la idea de un cuento lo asaltaba de golpe y se sentía obligado a correr a su máquina de escribir para, y casi son sus palabras, sacarse de encima una historia como quien se saca de encima una alimaña.

También habló de una lectura activa y una lectura pasiva. Él, por supuesto, admiraba la primera y puede decirse que la propiciaba. Nadie que tome un libro de Julio Cortázar va a quedar indiferente ante lo que lee, nadie se dejará distraer por la trama deponiendo el juego detectivesco del pensamiento gracias al cual interpretamos y comprendemos no sólo lo que estamos leyendo sino la vida en general. Cada uno de sus cuentos es como una ventana que se abre a panoramas nuevos, a formas distintas y más enriquecedoras de ver el mundo. Chicas, chicos, yo ahora los envidio un poco porque van a lanzarse con suerte a la magna emoción de descubrir por primera vez a un maestro del cuento, a un mago que de la simple galera que es la vida cotidiana, rutinaria, saca sorprendentes tesoros, muchas veces inquietantes y siempre deslumbrantes.

Espero que la antología que tienen ahora entre manos les abra el apetito. Y entonces les sugiero que busquen más cuentos de Cortázar, y si por ejemplo el humor absurdo y delirante de "Conducta en los velorios" o "Simulacro" es lo que más los atrae, no dejen de echar mano a *Historias de Cronopios y de Famas*.

En Julio Cortázar el sentido del humor estuvo siempre al servicio de su lucidez, y no a la inversa como ocurre con los humoristas. Al igual que los cronopios, sus lectores solemos alcanzar el *pavor* de aquello que estamos siempre a punto de comprender y que se nos escapa entre los dedos.

Y si a algunos de ustedes les gusta lo trágico-sutil y han comprendido hasta qué punto el dolor de aquello que no se dice puede salpicarnos como una mancha oscura, si leyendo "La salud de los enfermos" entrevieron la *enfermedad* que puede ser la simulación y la mentira, por más piadosa que pretenda ser, sugiero que busquen su contracara especular: el cuento "Cartas de mamá".

Al develar el humor que se oculta en la tragedia, al maravillarse con el desconcierto que tal revelación provoca, sabrán leer a fondo a este enorme cronopio, el magnífico escritor argentino Julio Cortázar, quien alguna vez confesó:

"Siempre seré como un niño para tantas cosas, pero uno de esos niños que llevan consigo al adulto, de manera que cuando el monstruito llega verdaderamente a adulto ocurre que a su vez éste lleva consigo al niño y en medio del camino se da una coexistencia pocas veces pacífica de por lo menos dos aperturas al mundo".

Por lo menos, aclaró bien Julio: aquí ustedes descubrirán algunas aperturas más. La propuesta no es nada tranquilizadora, es estimulante y creativa. Un verdadero desafío, como siempre ocurre con la gran literatura.

Casa tomada

Nos gustaba la casa porque aparte de espaciosa y antigua (hoy que las casas antiguas sucumben a la más ventajosa liquidación de sus materiales) guardaba los recuerdos de nuestros bisabuelos, el abuelo paterno, nuestros padres y toda la infancia.

Nos habituamos Irene y yo a persistir solos en ella, lo que era una locura pues en esa casa podían vivir ocho personas sin estorbarse. Hacíamos la limpieza por la mañana, levantándonos a las siete, y a eso de las once yo le dejaba a Irene las últimas habitaciones por repasar y me iba a la cocina. Almorzábamos a mediodía, siempre puntuales; ya no quedaba nada por hacer fuera de unos pocos platos sucios. Nos resultaba grato almorzar pensando en la casa profunda y silenciosa y cómo nos bastábamos para mantenerla limpia. A veces llegamos a creer que era ella la que no nos dejó casarnos. Irene rechazó dos pretendientes sin mayor motivo, a mí se me murió María Esther antes que llegáramos a comprometernos. Entramos en los cuarenta años con la inexpresada idea de que el nuestro, simple y silencioso matrimonio de hermanos, era necesaria clausura de la genealogía asentada por los bisabuelos en nuestra casa. Nos moriríamos allí algún día, vagos y esquivos primos se quedarían con la casa y la echarían al suelo para enriquecerse con el terreno y los ladrillos; o mejor, nosotros mismos la voltearíamos justicieramente antes de que fuese demasiado tarde.

Irene era una chica nacida para no molestar a nadie. Aparte de su actividad matinal se pasaba el resto del día tejiendo en el sofá de su dormitorio. No sé por qué tejía tanto, yo creo que las mujeres tejen cuando han encontrado en esa labor el gran pretexto para no hacer nada. Irene no era así, tejía cosas siempre necesarias, tricotas para el invierno, medias para mí, mañanitas y chalecos para ella. A veces tejía un chaleco y después lo destejía en un momento porque algo no le agradaba; era gracioso ver en la canastilla el montón de lana encrespada resistiéndose a perder su forma de algunas horas. Los sábados iba yo al centro a comprarle lana; Irene tenía fe en mi gusto, se complacía con los colores y nunca tuve que devolver madejas. Yo aprovechaba esas salidas para dar una vuelta por las librerías y preguntar vanamente si había novedades en literatura francesa. Desde 1939 no llegaba nada valioso a la Argentina.

Pero es de la casa que me interesa hablar, de la casa y de Irene, porque yo no tengo importancia. Me pregunto qué hubiera hecho Irene sin el tejido. Uno puede releer un libro, pero cuando un pulóver está terminado no se puede repetirlo sin escándalo. Un día encontré el cajón de abajo de la cómoda de alcanfor lleno de pañoletas blancas, verdes, lila. Estaban con naftalina, apiladas como en una mercería; no tuve valor de preguntarle a Irene qué pensaba hacer con ellas. No necesitábamos ganarnos la vida, todos los meses llegaba la plata de los campos y el dinero aumentaba. Pero a Irene solamente la entretenía el tejido, mostraba una destreza maravillosa y a mí se me iban las horas viéndole las manos como erizos plateados, agujas yendo y viniendo y una o dos canastillas en el suelo donde se agitaban constantemente los ovillos. Era hermoso.

Cómo no acordarme de la distribución de la casa. El comedor, una sala con gobelinos, la biblioteca y tres dormitorios grandes quedaban en la parte más retirada, la que mira hacia Rodríguez Peña. Solamente un pasillo con su maciza puerta de roble aislaba esa parte del ala delantera donde había un baño, la cocina, nuestros dormitorios y el living central, al cual comunicaban los dormitorios y el pasillo. Se entraba a la casa por un zaguán con mayólica, y la puerta cancel daba al living. De manera que uno entraba por el zaguán, abría la cancel y pasaba al living; tenía a los lados las puertas de nuestros dormitorios, y al frente el pasillo que conducía a la parte más retirada; avanzando por el pasillo se franqueaba la puerta de roble y más allá empezaba el otro lado de la casa, o bien se podía girar a la izquierda justamente antes de la puerta y seguir por un pasillo más estrecho que llevaba a la cocina y al baño. Cuando la puerta estaba abierta advertía uno que la casa era muy grande; si no, daba la impresión de un departamento de los que se edifican ahora, apenas para moverse; Irene y yo vivíamos siempre en esta parte de la casa, casi nunca íbamos más allá de la puerta de roble, salvo para hacer la limpieza, pues es increíble cómo se junta tierra en los muebles. Buenos Aires será una ciudad limpia, pero eso lo debe a sus habitantes y no a otra cosa. Hay demasiada tierra en el aire, apenas sopla una ráfaga se palpa el polvo en los mármoles de las consolas y entre los rombos de las carpetas de macramé; da trabajo sacarlo bien con plumero, vuela y se suspende en el aire, un momento después se deposita de nuevo en los muebles y los pianos.

Lo recordaré siempre con claridad porque fue simple y sin circunstancias inútiles. Irene estaba tejiendo en su dormitorio, eran las ocho de la noche y de repente se me ocurrió poner al fuego la pavita del mate. Fui por el pasillo hasta enfrentar la entornada puerta de roble, y daba la vuelta al codo que llevaba a la cocina cuando escuché algo en el comedor o la biblioteca. El sonido venía impreciso y sordo, como un volcarse de silla sobre la alfombra o un ahogado susurro de conversación. También lo oí, al mismo tiempo o un segundo después, en el fondo del pasillo que traía desde aquellas piezas hasta la puerta. Me tiré contra la puerta antes de que fuera demasiado tarde, la cerré de golpe apoyando el cuerpo; felizmente la llave estaba puesta de nuestro lado y además corrí el gran cerrojo para más seguridad.

Fui a la cocina, calenté la pavita, y cuando estuve de vuelta con la bandeja del mate le dije a Irene:

—Tuve que cerrar la puerta del pasillo. Han tomado la parte del fondo.

Dejó caer el tejido y me miró con sus graves ojos cansados.

—¿Estás seguro?

Asentí.

—Entonces —dijo recogiendo las agujas— tendremos que vivir en este lado.

Yo cebaba el mate con mucho cuidado, pero ella tardó un rato en reanudar su labor. Me acuerdo que tejía un chaleco gris; a mí me gustaba ese chaleco.

Los primeros días nos pareció penoso porque ambos habíamos dejado en la parte tomada muchas cosas que queríamos. Mis libros de literatura francesa, por ejemplo, estaban todos en la biblioteca. Irene extrañaba unas carpetas, un par de pantuflas que tanto la abrigaban en invierno. Yo sentía mi pipa de enebro y creo que Irene pensó en una botella de Hesperidina de muchos años. Con frecuencia (pero esto solamente sucedió los primeros días) cerrábamos algún cajón de las cómodas y nos mirábamos con tristeza.

—No está aquí.

Y era una cosa más de todo lo que habíamos perdido al otro lado de la casa.

Pero también tuvimos ventajas. La limpieza se simplificó tanto que aun levantándose tardísimo, a las nueve y media por ejemplo, no daban las once y ya estábamos de brazos cruzados. Irene se acostumbró a ir conmigo a la cocina y ayudarme a preparar el almuerzo. Lo pensamos bien, y se decidió esto: mientras yo preparaba el almuerzo, Irene cocinaría platos para comer fríos de noche. Nos alegramos porque siempre resulta molesto tener que abandonar los dormitorios al atardecer y ponerse a cocinar. Ahora nos bastaba con la mesa en el dormitorio de Irene y las fuentes de comida fiambre.

Irene estaba contenta porque le quedaba más tiempo para tejer. Yo andaba un poco perdido a causa de los libros, pero por no afligir a mi hermana me puse a revisar la colección de estampillas de papá, y eso me sirvió para matar el tiempo. Nos divertíamos mucho, cada uno en sus cosas, casi siempre reunidos en el dormitorio de Irene que era más cómodo. A veces Irene decía:

—Fíjate este punto que se me ha ocurrido. ¿No da un dibujo de trébol?

Un rato después era yo el que le ponía ante los ojos un cuadradito de papel para que viese el mérito de algún sello de Eupen y Malmédy. Estábamos bien, y poco a poco empezábamos a no pensar. Se puede vivir sin pensar.

(Cuando Irene soñaba en alta voz yo me desvelaba en seguida. Nunca pude habituarme a esa voz de estatua o papagayo, voz que viene de los sueños y no de la garganta. Irene decía que mis sueños consistían en grandes sacudones que a veces hacían caer el cobertor. Nuestros dormitorios tenían el living de por medio, pero de noche se escuchaba cualquier cosa en la casa. Nos oíamos respirar, toser, presentíamos el ademán que conduce a la llave del velador, los mutuos y frecuentes insomnios.

Aparte de eso todo estaba callado en la casa. De día eran los rumores domésticos, el roce metálico de las agujas de tejer, un crujido al pasar las hojas del álbum filatélico. La puerta de roble, creo haberlo dicho, era maciza. En la cocina y el baño, que quedaban tocando la parte tomada, nos poníamos a hablar en voz más alta o Irene cantaba canciones de cuna. En una cocina hay demasiado ruido de loza y vidrios para que otros sonidos irrumpan en ella. Muy pocas veces permitíamos allí el silencio, pero cuando tornábamos a los dormitorios y al living, entonces la casa se ponía callada y a media luz, hasta pisábamos más despacio para no molestarnos. Yo creo que era por eso que de noche, cuando Irene empezaba a soñar en alta voz, me desvelaba en seguida.)

Es casi repetir lo mismo salvo las consecuencias. De noche siento sed, y antes de acostarnos le dije a Irene que iba hasta la cocina a servirme un vaso de agua. Desde la puerta del dormitorio (ella tejía) oí ruido en la cocina; tal vez en la cocina o tal vez en el baño porque el codo del pasillo apagaba el sonido. A Irene le llamó la atención mi brusca manera de detenerme, y vino a mi lado sin decir palabra. Nos quedamos escuchando los ruidos, notando claramente que eran de este lado de la puerta de roble, en la cocina y en el baño, o en el pasillo mismo donde empezaba el codo casi al lado nuestro.

No nos miramos siquiera. Apreté el brazo de Irene y la hice correr conmigo hasta la puerta cancel, sin volvernos hacia atrás. Los ruidos se oían más fuerte pero siempre sordos, a espaldas nuestras. Cerré de un golpe la cancel y nos quedamos en el zaguán. Ahora no se oía nada.

—Han tomado esta parte —dijo Irene. El tejido le colgaba de las manos y las hebras iban hasta la cancel y se perdían debajo. Cuando vio que los ovillos habían quedado del otro lado, soltó el tejido sin mirarlo.

—¿Tuviste tiempo de traer alguna cosa? —le pregunté inútilmente.

—No, nada.

Estábamos con lo puesto. Me acordé de los quince mil pesos en el armario de mi dormitorio. Ya era tarde ahora.

Como me quedaba el reloj pulsera, vi que eran las once de la noche. Rodeé con mi brazo la cintura de Irene (yo creo que ella estaba llorando) y salimos a la calle. Antes de alejarnos tuve lástima, cerré bien la puerta de entrada y tiré la llave a la alcantarilla. No fuese que a algún pobre diablo se le ocurriera robar y se metiera en la casa, a esa hora y con la casa tomada.

En *Bestiario* (1951)

Lejana

Diario de Alina Reyes

12 de enero

Anoche fue otra vez, yo tan cansada de pulseras y farándulas, de *pink champagne* y la cara de Renato Viñes, oh esa cara de foca balbuceante, de retrato de Dorian Gray a lo último. Me acosté con gusto a bombón de menta, al Boogie del Banco Rojo, a mamá bostezada y cenicienta (como queda ella a la vuelta de las fiestas, cenicienta y durmiéndose, pescado enormísimo y tan no ella).

Nora que dice dormirse con luz, con bulla, entre las urgidas crónicas de su hermana a medio desvestir. Qué felices son, yo apago las luces y las manos, me desnudo a gritos de lo diurno y moviente, quiero dormir y soy una horrible campana resonando, una ola, la cadena que Rex arrastra toda la noche contra los ligustros. *Now I lay me down to sleep...* Tengo que repetir versos, o el sistema de buscar palabras con *a*, después con *a* y *e*, con las cinco vocales, con cuatro. Con dos y una consonante (ala, ola), con tres consonantes y una vocal (tras, gris) y otra vez versos, la luna bajó a la fragua con su polisón de nardos, el niño la mira mira, el niño la está mirando. Con tres y tres alternadas, cábala, laguna, animal; Ulises, ráfaga, reposo.

Así paso horas: de cuatro, de tres y dos, y más tarde palindromas. Los fáciles, salta Lenín el atlas; amigo, no gima; los más difíciles y hermosos, átale, demoníaco Caín, o me delata; Anás usó tu auto, Susana. O los preciosos anagramas: Salvador Dalí, Avida Dollars; Alina Reyes, es la reina y... Tan hermoso, éste, porque abre un camino, porque no concluye. Porque la reina y...

No, horrible. Horrible porque abre camino a ésta que no es la reina, y que otra vez odio de noche. A esa que es Alina Reyes pero no la reina del anagrama; que será cualquier cosa, mendiga en Budapest, pupila de mala casa en Jujuy o sirvienta en Quetzaltenango, cualquier lado lejos y no reina. Pero sí Alina Reyes y por eso anoche fue otra vez, sentirla y el odio.

20 de enero

A veces sé que tiene frío, que sufre, que le pegan. Puedo solamente odiarla tanto, aborrecer las manos que la tiran al suelo y también a ella, a ella todavía más porque le pegan, porque soy yo y le pegan. Ah, no me desespera tanto cuando estoy durmiendo o corto un vestido o son las horas de recibo de mamá y yo sirvo el té a la señora de Regules o al chico de los Rivas. Entonces me importa menos, es un poco cosa personal, yo conmigo; la siento más dueña de su infortunio, lejos y sola pero dueña. Que sufra, que se hiele; yo aguanto desde aquí, y creo que entonces la ayudo un poco. Como hacer vendas para un soldado que todavía no ha sido herido y sentir eso de grato, que se lo está aliviando desde antes, previsoramente.

Que sufra. Le doy un beso a la señora de Regules, el té al chico de los Rivas, y me reservo para resistir por dentro. Me digo: "Ahora estoy cruzando un puente helado, ahora la nieve me entra por los zapatos rotos". No es que sienta nada. Sé solamente que es así, que en algún lado cruzo un puente en el instante mismo (pero no sé si es en el instante mismo) en que el chico de los Rivas me acepta el té y pone su mejor cara de tarado. Y aguanto bien porque estoy sola entre esas gentes sin sentido, y no me desespera tanto. Nora se quedó anoche como tonta, dijo: "¿Pero qué te pasa?". Le pasaba a aquélla, a mí tan lejos. Algo horrible debió pasarle, le pegaban o se sentía enferma y justamente cuando Nora iba a cantar Fauré y yo en el piano, mirándolo tan feliz a Luis María acodado en la cola que le hacía como un marco, él mirándome contento con cara de perrito, esperando oír los arpegios, los dos tan cerca y tan queriéndonos. Así es peor, cuando conozco algo nuevo sobre ella y justo estoy bailando con Luis María, besándolo o solamente cerca de Luis María. Porque a mí, a la lejana, no la quieren. Es la parte que no quieren y cómo no me va a desgarrar por dentro sentir que me pegan o la nieve me entra por los zapatos cuando Luis María baila conmigo y su mano en la cintura me va subiendo como un calor a mediodía, un sabor a naranjas fuertes o tacuaras chicoteadas, y a ella le pegan y es imposible resistir y entonces tengo que decirle a Luis

María que no estoy bien, que es la humedad, humedad entre esa nieve que no siento, que no siento y me está entrando por los zapatos.

25 de enero

Claro, vino Nora a verme y fue la escena. "M'hijita, la última vez que te pido que me acompañes al piano. Hicimos un papelón". Qué sabía yo de papelones, la acompañé como pude, me acuerdo que la oía con sordina. *Votre âme est un paysage choisi...* pero me veía las manos entre las teclas y parecía que tocaban bien, que acompañaban honestamente a Nora. Luis María también me miró las manos, el pobrecito, yo creo que era porque no se animaba a mirarme la cara. Debo ponerme tan rara.

Pobre Norita, que la acompañe otra. (Esto parece cada vez más un castigo, ahora sólo me conozco allá cuando voy a ser feliz, cuando soy feliz, cuando Nora canta Fauré me conozco allá y no queda más que el odio.)

Noche

A veces es ternura, una súbita y necesaria ternura hacia la que no es reina y anda por ahí. Me gustaría mandarle un telegrama, encomiendas, saber que sus hijos están bien o que no tiene hijos —porque yo creo que allá no tengo hijos— y necesita confortación, lástima, caramelos. Anoche me dormí confabulando mensajes, puntos de reunión. Estaré jueves stop espérame puente. ¿Qué puente? Idea que vuelve como vuelve Budapest, donde habrá tanto puente y nieve que rezuma. Entonces me enderecé rígida en la cama y casi aúllo, casi corro a despertar a mamá, a morderla para que se despertara. Nada más que por pensar. Todavía no es fácil decirlo. Nada más que por pensar que yo podría irme ahora mismo a Budapest, si realmente se me antojara. O a Jujuy, o a Quetzaltenango. (Volví a buscar estos nombres páginas atrás.) No valen, igual sería decir Tres Arroyos, Kobe, Florida al cuatrocientos. Sólo queda Budapest porque *allí* es el frío, allí me pegan y me ultrajan. Allí (lo he soñado, no es más que un sueño, pero cómo adhiere y se insinúa hacia la vigilia) hay alguien que se llama Rod —o Erod, o Rodo— y él me pega y yo lo amo, no sé si lo amo pero me dejo pegar, eso vuelve de día en día, entonces es seguro que lo amo.

Más tarde

Mentira. Soñé a Rod o lo hice con una imagen cualquiera de sueño, ya usada y a tiro. No hay Rod, a mí me han de castigar allá, pero quién sabe si es un hombre, una madre furiosa, una soledad.

Ir a buscarme. Decirle a Luis María: "Casémonos y me llevas a Budapest, a un puente donde hay nieve y alguien". Yo digo: ¿y si estoy? (Porque todo lo pienso con la secreta ventaja de no querer creerlo a fondo. ¿Y si estoy?) Bueno, si estoy... Pero solamente loca, solamente... ¡Qué luna de miel!

28 de enero

Pensé una cosa curiosa. Hace tres días que no me viene nada de la lejana. Tal vez ahora no le pegan, o pudo conseguir abrigo. Mandarle un telegrama, unas medias... Pensé una cosa curiosa. Llegaba a la terrible ciudad y era de tarde, tarde verdosa y ácuea como no son nunca las tardes si no se las ayuda pensándolas. Por el lado de la Dobrina Stana, en la perspectiva Skorda, caballos erizados de estalagmitas y polizontes rígidos, hogazas humeantes y flecos de viento ensoberbeciendo las ventanas. Andar por la Dobrina con paso de turista, el mapa en el bolsillo de mi sastre azul (con ese frío y dejarme el abrigo en el Burglos), hasta una plaza contra el río, casi encima del río tronante de hielos rotos y barcazas y algún martín pescador que allá se llamará sbunáia tjéno o algo peor.

Después de la plaza supuse que venía el puente. Lo pensé y no quise seguir. Era la tarde del concierto de Elsa Piaggio de Tarelli en el Odeón, me vestí sin ganas sospechando que después me esperaría el insomnio. Este pensar de noche, tan de noche... Quién sabe si no me perdería. Una inventa nombres al viajar pensando, los recuerda en el momento: Dobrina Stana, sbunáia tjéno, Burglos. Pero no sé el nombre de la plaza, es un poco como si de veras hubiese llegado a una plaza de Budapest y estuviera perdida por no saber su nombre; ahí donde un nombre es una plaza.

Ya voy, mamá. Llegaremos bien a tu Bach y a tu Brahms. Es un camino tan simple. Sin plaza, sin Burglos. Aquí nosotras, allá Elsa Piaggio. Qué triste haberme interrumpido, saber que estoy en una plaza (pero esto ya no es cierto, solamente lo pienso y eso es menos que nada). Y que al final de la plaza empieza el puente.

Noche

Empieza, sigue. Entre el final del concierto y el primer bis hallé su nombre y el camino. La plaza Vladas, el puente de los Mercados. Por la plaza Vladas seguí hasta el nacimiento del puente, un poco andando y queriendo a veces quedarme en casas o vitrinas, en chicos abrigadísimos y fuentes con altos héroes de emblanquecidas pelerinas, Tadeo Alanko y Vladislas Néroy, bebedores de tokay y cimbalistas. Yo veía saludar a Elsa Piaggio entre un Chopin y otro Chopin, pobrecita, y de mi platea se salía abiertamente a la plaza, con la entrada del puente entre vastísimas columnas. Pero esto yo lo pensaba, ojo, lo mismo que anagramar *es la reina y...* en vez de Alina Reyes, o imaginarme a mamá en casa de los Suárez y no a mi lado. Es bueno no caer en la sonsera: eso es cosa mía, nada más que dárseme la gana, la real gana. Real porque Alina, vamos —No lo otro, no el sentirla tener frío o que la maltratan. Esto se me antoja y lo sigo por gusto, por saber adónde va, para enterarme si Luis María me lleva a Budapest, si nos casamos y le pido que me lleve a Budapest. Más fácil salir a buscar ese puente, salir en busca mía y encontrarme como ahora porque ya he andado la mitad del puente entre gritos y aplausos, entre "¡Albéniz!" y más aplausos y "¡La polonesa!", como si esto tuviera sentido entre la nieve arriscada que me empuja con el viento por la espalda, manos de toalla de esponja llevándome por la cintura hacia el medio del puente.

(Es más cómodo hablar en presente. Esto era a las ocho, cuando Elsa Piaggio tocaba el tercer bis, creo que Julián Aguirre o Carlos Guastavino, algo con pasto y pajaritos.) Pero me he vuelto canalla con el tiempo, ya no le tengo respeto. Me acuerdo que un día pensé: "Allá me pegan, allá la nieve me entra por los zapatos y esto lo sé en el momento, cuando me está ocurriendo allá yo lo sé al mismo tiempo. ¿Pero por qué al mismo tiempo? A lo mejor me llega tarde, a lo mejor no ha ocurrido todavía. A lo mejor le pegarán dentro de catorce años, o ya es una cruz y una cifra en el cementerio de Santa Úrsula". Y me parecía bonito, posible, tan idiota. Porque detrás de eso una siempre cae en el tiempo parejo. Si ahora ella estuviera realmente entrando en el puente, sé que lo sentiría ya mismo y desde aquí. Me acuerdo que me paré a mirar el río que estaba como mayonesa cortada, batiendo contra los pilares, enfurecidísimo y sonando y chicoteando. (Esto yo lo pensaba.) Valía asomarse al parapeto del puente y sentir en las orejas la rotura del hielo ahí abajo. Valía quedarse un poco por la vista, un poco por el miedo que me venía de adentro —o era el desabrigo, la nevisca deshecha y mi tapado en el hotel—. Y después que yo soy modesta, soy una chica sin humos, pero vengan a decirme de otra que le haya pasado lo mismo, que viaje a Hungría en pleno Odeón. Eso le da frío a cualquiera, che, aquí o en Francia.

Pero mamá me tironeaba la manga, ya casi no había gente en la platea. Escribo hasta ahí, sin ganas de seguir acordándome lo que pensé. Me va a hacer mal si sigo acordándome. Pero es cierto, cierto; pensé una cosa curiosa.

30 de enero

Pobre Luis María, qué idiota casarse conmigo. No sabe lo que se echa encima. O debajo, como dice Nora que posa de emancipada intelectual.

31 de enero

Iremos allá. Estuvo tan de acuerdo que casi grito. Sentí miedo, me pareció que él entra demasiado fácilmente en este juego. Y no sabe nada, es como el peoncito de dama que remata la partida sin sospecharlo. Peoncito Luis María, al lado de su reina. De la reina y —

7 de febrero

A curarse. No escribiré el final de lo que había pensado en el concierto. Anoche la sentí sufrir otra vez. Sé que allá me estarán pegando de nuevo. No puedo evitar saberlo, pero basta de crónica. Si me hubiese limitado a dejar constancia de eso por gusto, por desahogo... Era peor, un deseo de conocer al ir releyendo; de encontrar claves en cada palabra tirada al papel después de esas noches. Como cuando pensé la plaza, el río roto y los ruidos, y después... Pero no lo escribo, no lo escribiré ya nunca.

Ir allá y convencerme de que la soltería me dañaba, nada más que eso, tener veintisiete años y sin hombre. Ahora estará mi cachorro, mi bobo, basta de pensar y a ser, a ser al fin y para bien.

Y sin embargo, ya que cerraré este diario, porque una o se casa o escribe un diario, las dos cosas no marchan juntas   ya ahora no me gusta salirme de él sin decir esto con alegría de esperanza, con esperanza de alegría. Vamos allá pero no ha de ser como lo pensé la noche del concierto. (Lo escribo, y basta de diario para bien mío.) En el puente la hallaré y nos miraremos. La noche del concierto yo sentía en las orejas la rotura del hielo ahí abajo. Y será la victoria de la reina sobre esa adherencia maligna, esa usurpación indebida y sorda. Se doblegará si realmente soy yo, se sumará a mi zona iluminada, más bella y cierta; con sólo ir a su lado y apoyarle una mano en el hombro.

Alina Reyes de Aráoz y su esposo llegaron a Budapest el 6 de abril y se alojaron en el Ritz. Eso era dos meses antes de su divorcio. En la tarde del segundo día Alina salió a conocer la ciudad y el deshielo. Como le gustaba caminar sola —era rápida y curiosa— anduvo por veinte lados buscando vagamente algo, pero sin proponérselo demasiado, dejando que el deseo escogiera y se expresara con bruscos arranques que la llevaban de una vidriera a otra, cambiando aceras y escaparates.

Llegó al puente y lo cruzó hasta el centro, andando ahora con trabajo porque la nieve se oponía y del Danubio crece un viento de abajo, difícil, que engancha y hostiga. Sentía cómo la pollera se le pegaba a los muslos (no estaba bien abrigada) y de pronto un deseo de dar vuelta, de volverse a la ciudad conocida. En el centro del puente desolado la harapienta mujer de pelo negro y lacio esperaba con algo fijo y ávido en la cara sinuosa, en el pliegue de las manos un poco cerradas pero ya tendiéndose. Alina estuvo junto a ella repitiendo, ahora lo sabía, gestos y distancias como después de un ensayo general. Sin temor, liberándose al fin —lo creía con un salto terrible de júbilo y frío— estuvo junto a ella y alargó también las manos, negándose a pensar, y la mujer del puente se apretó contra su pecho y las dos se abrazaron rígidas y calladas en el puente, con el río trizado golpeando en los pilares.

A Alina le dolió el cierre de la cartera que la fuerza del abrazo le clavaba entre los senos con una laceración dulce, sostenible. Ceñía a la mujer delgadísima, sintiéndola entera y absoluta dentro de su abrazo, con un crecer de felicidad igual a un himno, a un soltarse de palomas, al río cantando. Cerró los ojos en la fusión total, rehuyendo las sensaciones de fuera, la luz crepuscular; repentinamente tan cansada, pero segura de su victoria, sin celebrarlo por tan suyo y por fin.

Le pareció que dulcemente una de las dos lloraba. Debía ser ella porque sintió mojadas las mejillas, y el pómulo mismo doliéndole como si tuviera allí un golpe. También el cuello, y de pronto los hombros, agobiados por fatigas incontables. Al abrir los ojos (tal vez gritaba ya) vio que se habían separado. Ahora sí gritó. De frío, porque la nieve le estaba entrando por los zapatos rotos, porque yéndose camino de la plaza iba Alina Reyes lindísima en su sastre gris, el pelo un poco suelto contra el viento, sin dar vuelta la cara y yéndose.

En *Bestiario* (1951)

Continuidad de los parques

Había empezado a leer la novela unos días antes. La abandonó por negocios urgentes, volvió a abrirla cuando regresaba en tren a la finca; se dejaba interesar lentamente por la trama, por el dibujo de los personajes. Esa tarde, después de escribir una carta a su apoderado y discutir con el mayordomo una cuestión de aparcerías, volvió al libro en la tranquilidad del estudio que miraba hacia el parque de los robles. Arrellanado en su sillón favorito, de espaldas a la puerta que lo hubiera molestado como una irritante posibilidad de intrusiones, dejó que su mano izquierda acariciara una y otra vez el terciopelo verde y se puso a leer los últimos capítulos. Su memoria retenía sin esfuerzo los nombres y las imágenes de los protagonistas; la ilusión novelesca lo ganó casi en seguida. Gozaba del placer casi perverso de irse desgajando línea a línea de lo que lo rodeaba, y sentir a la vez que su cabeza descansaba cómodamente en el terciopelo del alto respaldo, que los cigarrillos seguían al alcance de la mano, que más allá de los ventanales danzaba el aire del atardecer bajo los robles. Palabra a palabra, absorbido por la sórdida disyuntiva de los héroes, dejándose ir hacia las imágenes que se concertaban y adquirían color y movimiento, fue testigo del último encuentro en la cabaña del monte. Primero entraba la mujer, recelosa; ahora llegaba el amante, lastimada la cara por el chicotazo de una rama. Admirablemente restañaba ella la sangre con sus besos, pero él rechazaba las caricias, no había venido para repetir las ceremonias de una pasión secreta, protegida por un mundo de hojas secas y senderos furtivos. El puñal se entibiaba contra su pecho, y debajo latía la libertad agazapada. Un diálogo anhelante corría por las páginas como un arroyo de serpientes, y se sentía que todo estaba decidido desde siempre. Hasta esas caricias que enredaban el cuerpo del amante como queriendo retenerlo y disuadirlo, dibujaban abominablemente la figura de otro cuerpo que era necesario destruir. Nada había sido olvidado: coartadas, azares, posibles errores. A partir de esa hora cada instante tenía su empleo minuciosamente atribuido. El doble repaso despiadado se interrumpía apenas para que una mano acariciara una mejilla. Empezaba a anochecer.

Sin mirarse ya, atados rígidamente a la tarea que los esperaba, se separaron en la puerta de la cabaña. Ella debía seguir por la senda que iba al norte. Desde la senda opuesta él se volvió un instante para verla correr con el pelo suelto. Corrió a su vez, parapetándose en los árboles y los setos, hasta distinguir en la bruma malva del crepúsculo la alameda que llevaba a la casa. Los perros no debían ladrar, y no ladraron. El mayordomo no estaría a esa hora, y no estaba. Subió los tres peldaños del porche y entró. Desde la sangre galopando en sus oídos le llegaban las palabras de la mujer: primero una sala azul, después una galería, una escalera alfombrada. En lo alto, dos puertas. Nadie en la primera habitación, nadie en la segunda. La puerta del salón, y entonces el puñal en la mano, la luz de los ventanales, el alto respaldo de un sillón de terciopelo verde, la cabeza del hombre en el sillón leyendo una novela.

En *Final del juego* (1956)

Los venenos

El sábado tío Carlos llegó a mediodía con la máquina de matar hormigas. El día antes había dicho en la mesa que iba a traerla, y mi hermana y yo esperábamos la máquina imaginando que era enorme, que era terrible. Conocíamos bien las hormigas de Banfield, las hormigas negras que se van comiendo todo, hacen los hormigueros en la tierra, en los zócalos, o en ese pedazo misterioso donde una casa se hunde en el suelo, allí hacen agujeros disimulados pero no pueden esconder su fila negra que va y viene trayendo pedacitos de hojas, y los pedacitos de hojas eran las plantas del jardín, por eso mamá y tío Carlos se habían decidido a comprar la máquina para acabar con las hormigas.

Me acuerdo que mi hermana vio venir a tío Carlos por la calle Rodríguez Peña, desde lejos lo vio venir en el tílburi de la estación, y entró corriendo por el callejón del costado gritando que tío Carlos traía la máquina. Yo estaba en los ligustros que daban a lo de Lila, hablando con Lila por el alambrado, contándole que por la tarde íbamos a probar la máquina, y Lila estaba interesada pero no mucho, porque a las chicas no les importan las máquinas y no les importan las hormigas, solamente le llamaba la atención que la máquina echaba humo y que eso iba a matar todas las hormigas de casa.

Al oír a mi hermana le dije a Lila que tenía que ir a ayudar a bajar la máquina, y corrí por el callejón con el grito de guerra de Sitting Bull, corriendo de una manera que había inventado en ese tiempo y que era correr sin doblar las rodillas, como pateando una pelota. Cansaba poco y era como un vuelo, aunque nunca como el sueño de volar que yo siempre tenía entonces, y que era recoger las piernas del suelo, y con apenas un movimiento de cintura volar a veinte centímetros del suelo, de una manera que no se puede contar por lo linda, volar por calles largas, subiendo a veces un poco y otra vez al ras del suelo, con una sensación tan clara de estar despierto, aparte que en ese sueño la contra era que yo siempre soñaba que estaba despierto, que volaba de verdad, que antes lo había soñado pero esta vez iba de veras, y cuando me despertaba era como caerme al suelo, tan triste salir andando o corriendo pero siempre pesado, vuelta abajo a cada salto. Lo único un poco parecido era esta manera de correr que había inventado, con las zapatillas de goma Keds Champion con puntera daba la impresión del sueño, claro que no se podía comparar.

Mamá y abuelita ya estaban en la puerta hablando con tío Carlos y el cochero. Me arrimé despacio porque a veces me gustaba hacerme esperar, y con mi hermana miramos el bulto envuelto en papel madera y atado con mucho hilo sisal, que el cochero y tío Carlos bajaban a la vereda. Lo primero que pensé fue que era una parte de la máquina, pero en seguida vi que era la máquina completa, y me pareció tan chica que se me vino el alma a los pies. Lo mejor fue al entrarla, porque ayudando a tío Carlos me di cuenta de que la máquina pesaba mucho, y el peso me devolvió confianza. Yo mismo le saqué los piolines y el papel, porque mamá y tío Carlos tenían que abrir un paquete chico donde venía la lata del veneno, y de entrada ya nos anunciaron que eso no se tocaba y que más de cuatro habían muerto retorciéndose por tocar la lata. Mi hermana se fue a un rincón porque se le había acabado el interés por todo y un poco también por miedo, pero yo la miré a mamá y nos reímos, y todo aquel discurso era por mi hermana, a mí me iban a dejar manejar la máquina con veneno y todo.

No era linda, quiero decir que no era una máquina máquina, por lo menos con una rueda que da vueltas o un pito que echa un chorro de vapor. Parecía una estufa de fierro negro, con tres patas combadas, una puerta para el fuego, otra para el veneno y de arriba salía un tubo de metal flexible (como el cuerpo de los gusanos) donde después se enchufaba otro tubo de goma con un pico. A la hora del almuerzo mamá nos leyó el manual de instrucciones, y cada vez que llegaba a las partes del veneno todos la mirábamos a mi hermana, y abuelita le volvió a decir que en Flores tres niños habían muerto por tocar una lata. Ya habíamos visto la calavera en la tapa, y tío Carlos buscó una cuchara vieja y dijo que ésa sería para el veneno y que las cosas de la máquina las guardarían en el estante de arriba del cuarto de las herramientas. Afuera hacía calor porque empezaba enero, y la sandía estaba helada, con las semillas negras que me hacían pensar en las hormigas.

Después de la siesta, la de los grandes porque mi hermana leía el *Billiken* y yo clasificaba las estampillas en el patio cerrado, fuimos al jardín y tío Carlos puso la máquina en la rotonda de las hamacas donde siempre salían hormigueros. Abuelita preparó brasas de carbón para cargar la hornalla, y yo hice un barro lindísimo en una batea vieja, revolviendo con la cuchara de albañil. Mamá y mi hermana se sentaron en las sillas de paja para ver, y Lila miraba entre el ligustro hasta que le gritamos que viniera y dijo que la madre no la dejaba pero que lo mismo veía. Del otro lado del jardín ya se estaban asomando las de Negri, que eran unos casos y por eso no nos tratábamos. Les decían la Chola, la Ela y la Cufina, pobres. Eran buenas pero pavas, y no se podía jugar con ellas. Abuelita les tenía lástima pero mamá no las invitaba nunca a casa porque se armaban líos con mi hermana y conmigo. Las tres querían mandar la parada pero no sabían ni rayuela ni bolita ni vigilante y ladrón ni el barco hundido, y lo único que sabían era reírse como sonsas y hablar de tanta cosa que yo no sé a quién le podía interesar. El padre era concejal y tenían Orpington leonadas. Nosotros criábamos Rhode Island que es mejor ponedora.

La máquina parecía más grande por lo negra que se la veía entre el verde del jardín y los frutales. Tío Carlos la cargó con brasas, y mientras tomaba calor eligió un hormiguero y le puso el pico del tubo; yo eché barro alrededor y lo apisoné pero no muy fuerte, para impedir el desmoronamiento de las galerías como decía el manual. Entonces mi tío abrió la puerta para el veneno y trajo la lata y la cuchara. El veneno era violeta, un color precioso, y había que echar una cucharada grande y cerrar en seguida la puerta. Apenas la habíamos echado se oyó como un bufido y la máquina empezó a trabajar. Era estupendo, todo alrededor del pico salía un humo blanco, y había que echar más barro y aplastarlo con las manos. "Van a morir todas", dijo mi tío que estaba muy contento con el funcionamiento de la máquina, y yo me puse al lado de él con las manos llenas de barro hasta los codos, y se veía que era un trabajo para que lo hicieran los hombres.

—¿Cuánto tiempo hay que fumigar cada hormiguero? —preguntó mamá.

—Por lo menos media hora —dijo tío Carlos—. Algunos son larguísimos, más de lo que se cree.

Yo entendí que quería decir dos o tres metros, porque había tantos hormigueros en casa que no podía ser que fueran demasiado largos. Pero justo en ese momento oímos que la Cufina empezaba a chillar con esa voz que tenía que la escuchaban desde la estación, y toda la familia Negri vino al jardín diciendo que de un cantero de lechuga salía humo. Al principio yo no lo quería creer pero era cierto, porque en el mismo momento Lila me avisó desde los ligustros que en su casa también salía humo al lado de un duraznero, y tío Carlos se quedó pensando y después fue hasta el alambrado de los Negri y le pidió a la Chola que era la menos haragana que echara barro donde salía el humo, y yo salté a lo de Lila y taponé el hormiguero. Ahora salía humo en otras partes de casa, en el gallinero, más atrás de la puerta blanca, y al pie de la pared del costado. Mamá y mi hermana ayudaban a poner barro, era formidable pensar que por debajo de la tierra andaba tanto humo buscando salir, y que entre ese humo las hormigas estaban rabiando y retorciéndose como los tres niños de Flores.

Esa tarde trabajamos hasta la noche, y a mi hermana la mandaron a preguntar si en las casas de otros vecinos salía humo. Cuando apenas quedaba luz la máquina se apagó, y al sacar el pico del hormiguero yo cavé un poco con la cuchara de albañil y toda la cueva estaba llena de hormigas muertas y tenía un color violeta que olía a azufre. Eché barro encima como en los entierros, y calculé que habrían muerto unas cinco mil hormigas por lo menos. Ya todos se habían ido adentro porque era hora de bañarse y tender la mesa, pero tío Carlos y yo nos quedamos a repasar la máquina y a guardarla. Le pregunté si podía llevar las cosas al cuarto de las herramientas y dijo que sí. Por las dudas me enjuagué las manos después de tocar la lata y la cuchara, y eso que la cuchara la habíamos limpiado antes.

Al otro día fue domingo y vino mi tía Rosa con mis primos, y fue un día en que jugamos todo el tiempo al vigilante y ladrón con mi hermana y con Lila que tenía permiso de la madre. A la noche tía Rosa le dijo a mamá si mi primo Hugo podía quedarse a pasar toda la semana en Banfield porque estaba un poco débil de la pleuresía y necesitaba sol. Mamá dijo que sí y todos estábamos contentos. A Hugo le hicieron una cama en mi pieza, y el lunes fue la sirvienta a traer su ropa para la semana. Nos bañábamos juntos y Hugo sabía más cuentos que yo, pero no saltaba tan lejos. Se veía que era de Buenos Aires, con la ropa venían dos libros de Salgari y uno de botánica, porque tenía que preparar el ingreso a primer año. Dentro del libro venía una pluma de pavo real, la primera que yo veía, y él la usaba como señalador. Era verde con un ojo violeta y azul, toda salpicada de oro. Mi hermana se la pidió pero Hugo le dijo que no porque se la había regalado la madre. Ni siquiera se la dejó tocar, pero a mí sí porque me tenía confianza y yo la agarraba del canuto.

Los primeros días, como tío Carlos trabajaba en la oficina no volvimos a encender la máquina, aunque yo le había dicho a mamá que si ella quería yo la podía hacer andar. Mamá dijo que mejor esperáramos al sábado, que total no había muchos almácigos esa semana y que no se veían tantas hormigas como antes.

—Hay unas cinco mil menos —le dije yo, y ella se reía pero me dio la razón. Casi mejor que no me dejara encender la máquina, así Hugo no se metía, porque era de esos que todo lo saben y abren las puertas para mirar adentro. Sobre todo con el veneno mejor que no me ayudara.

A la siesta nos mandaban quedarnos quietos, porque tenían miedo de la insolación. Mi hermana desde que Hugo jugaba conmigo venía todo el tiempo con nosotros, y siempre quería jugar de compañera con Hugo. A las bolitas yo les ganaba a los dos, pero al balero Hugo no sé cómo se las sabía todas y me ganaba. Mi hermana lo elogiaba todo el tiempo y yo me daba cuenta que lo buscaba para novio, era cosa de decírselo a mamá para que le plantara un par de bifes, solamente que no se me ocurría cómo decírselo a mamá, total no hacían nada malo. Hugo se reía de ella pero disimulando, y yo en esos momentos lo hubiera abrazado, pero era siempre cuando estábamos jugando y había que ganar o perder pero nada de abrazos.

La siesta duraba de dos a cinco, y era la mejor hora para estar tranquilos y hacer lo que uno quería. Con Hugo revisábamos las estampillas y yo le daba las repetidas, le enseñaba a clasificarlas por países, y él pensaba al otro año tener una colección como la mía pero solamente de América. Se iba a perder las de Camerún, que son con animales, pero él decía que así las colecciones son más importantes. Mi hermana le daba la razón y eso que no sabía si una estampilla estaba del derecho o del revés, pero era para llevarme la contra. En cambio Lila que venía a eso de las tres, saltando por los ligustros, estaba de mi parte y le gustaban las estampillas de Europa. Una vez yo le había dado a Lila un sobre con todas estampillas diferentes, y ella siempre me lo recordaba y decía que el padre le iba a ayudar en la colección pero que la madre pensaba que eso no era de chicas y tenía microbios, y el sobre estaba guardado en el aparador.

Para que no se enojaran en casa por el ruido, cuando llegaba Lila nos íbamos al fondo y nos tirábamos debajo de los frutales. Las de Negri también andaban por el jardín de ellas, y yo sabía que las tres estaban locas con Hugo y se hablaban a gritos y siempre por la nariz, y la Cufina sobre todo se la pasaba preguntando: "¿Y dónde está el costurero con los hilos?" y la Ela le contestaba no sé qué, entonces se peleaban pero a propósito para llamar la atención, y menos mal que de ese lado los ligustros eran tupidos y no se veía mucho. Con Lila nos moríamos de risa al oírlas, y Hugo se tapaba la nariz y decía: "¿Y dónde está la pavita para el mate?" Entonces la Chola que era la mayor decía: "¿Vieron chicas cuántos groseros hay este año?", y nosotros nos metíamos pasto en la boca para no reírnos fuerte, porque lo bueno era dejarlas con las ganas y no seguírsela, así después cuando nos oían jugar a la mancha rabiaban mucho más y al final se peleaban entre ellas hasta que salía la tía y las mechoneaba y las tres se iban adentro llorando.

A mí me gustaba tener de compañera a Lila en los juegos, porque entre hermanos a uno no le gusta jugar si hay otros, y mi hermana lo buscaba en seguida a Hugo de compañero. Lila y yo les ganábamos a las bolitas, pero a Hugo le gustaba más el vigilante y ladrón y la escondida, siempre había que hacerle caso y jugar a eso, pero también era formidable, solamente que no podíamos gritar y los juegos así sin gritos no valen tanto. A la escondida casi siempre me tocaba contar a mí, no sé por qué me engañaban vuelta a vuelta, y piedra libre uno detrás de otro. A las cinco salía abuelita y nos retaba porque estábamos sudados y habíamos tomado demasiado sol, pero nosotros la hacíamos reír y le dábamos besos, hasta Hugo y Lila que no eran de casa. Yo me fijé en esos días que abuelita iba siempre a mirar el estante de las herramientas, y me di cuenta que tenía miedo de que anduviéramos hurgando con las cosas de la máquina. Pero a nadie se le iba a ocurrir una pavada así, con lo de los tres niños de Flores y encima la paliza que nos iban a dar.

A ratos me gustaba quedarme solo, y en esos momentos ni siquiera quería que estuviera Lila. Sobre todo al caer la tarde, un rato antes que abuelita saliera con su batón blanco y se pusiera a regar el jardín. A esa hora la tierra ya no estaba tan caliente, pero las madreselvas olían mucho y también los canteros de tomates donde había canaletas para el agua y bichos distintos que en otras partes. Me gustaba tirarme boca abajo y oler la tierra, sentirla debajo de mí, caliente con su olor a verano tan distinto de otras veces. Pensaba en muchas cosas, pero sobre todo en las hormigas, ahora que había visto lo que eran los hormigueros me quedaba pensando en las galerías que cruzaban por todos lados y que nadie veía. Como las venas en mis piernas, que apenas se distinguían debajo de la piel, pero llenas de hormigas y misterios que iban y venían. Si uno comía un poco de veneno, en realidad venía a ser lo mismo que el humo de la máquina, el veneno andaba por las venas del cuerpo igual que el humo en la tierra, no había mucha diferencia.

Después de un rato me cansaba de estar solo y estudiar los bichos de los tomates. Iba a la puerta blanca, tomaba impulso y me largaba a la carrera como Buffalo Bill, y al llegar al cantero de las lechugas lo saltaba limpio y ni tocaba el borde de gramilla. Con Hugo tirábamos al blanco con la diana de aire comprimido, o jugábamos en las hamacas cuando mi hermana o a veces Lila salían de bañarse y venían a las hamacas con ropa limpia. También Hugo y yo nos íbamos a bañar, y a última hora salíamos todos a la vereda, o mi hermana tocaba el piano en la sala y nosotros nos sentábamos en la balaustrada y veíamos volver a la gente del trabajo hasta que llegaba tío Carlos y todos lo íbamos a saludar y de paso a ver si traía algún paquete con hilo rosa o el *Billiken*. Justamente una de esas veces al correr a la puerta fue cuando Lila se tropezó en una laja y se lastimó la rodilla. Pobre Lila, no quería llorar pero le saltaban las lágrimas y yo pensaba en la madre que era tan severa y le diría machona y de todo cuando la viera lastimada. Hugo y yo hicimos la sillita de oro y la llevamos del lado de la puerta blanca mientras mi hermana iba a escondidas a buscar un trapo y alcohol. Hugo se hacía el comedido y quería curarla a Lila, lo mismo mi hermana para estar con Hugo, pero yo los saqué a empujones y le dije a Lila que aguantara nada más que un segundo, y que si quería cerrara los ojos. Pero ella no quiso y mientras yo le pasaba el alcohol ella lo miraba fijo a Hugo como para mostrarle lo valiente que era. Yo le soplé fuerte en la lastimadura y con la venda quedó muy bien y no le dolía.

—Mejor andate en seguida a tu casa —le dijo mi hermana—, así tu mamá no se cabrea.

Después que se fue Lila yo me empecé a aburrir con Hugo y mi hermana que hablaban de orquestas típicas, y Hugo había visto a De Caro en un cine y silbaba tangos para que mi hermana los sacara en el piano. Me fui a mi cuarto a buscar el álbum de las estampillas, y todo el tiempo pensaba que la madre la iba a retar a Lila y que a lo mejor estaba llorando o que se le iba a infectar la matadura como pasa tantas veces. Era increíble lo valiente que había sido Lila con el alcohol, y cómo lo miraba a Hugo sin llorar ni bajar la vista.

En la mesa de luz estaba la botánica de Hugo, y asomaba el canuto de la pluma de pavo real. Como él me la dejaba mirar la saqué con cuidado y me puse al lado de la lámpara para verla bien. Yo creo que no había ninguna pluma más linda que ésa. Parecía las manchas que se hacen en el agua de los charcos, pero no se podía comparar, era muchísimo más linda, de un verde brillante como esos bichos que viven en los damascos y tienen dos antenas largas con una bolita peluda en cada punta. En medio de la parte más ancha y más verde se abría un ojo azul y violeta, todo salpicado de oro, algo como no se ha visto nunca. Yo de golpe me daba cuenta por qué se llamaba pavo real, y cuanto más la miraba más pensaba en cosas raras, como en las novelas, y al final la tuve que dejar porque se la hubiera robado a Hugo y eso no podía ser. A lo mejor Lila estaba pensando en nosotros, sola en su casa (que era oscura y con sus padres tan severos) cuando yo me divertía con la pluma y las estampillas. Mejor guardar todo y pensar en la pobre Lila tan valiente.

Por la noche me costó dormirme, no sé por qué. Se me había metido en la cabeza que Lila no estaba bien y que tenía fiebre. Me hubiera gustado pedirle a mamá que fuera a preguntarle a la madre pero no se podía, primero con Hugo que se iba a reir, y después que mamá se enojaría si se enteraba de la lastimadura y que no le habíamos avisado. Me quise dormir tantas veces pero no podía, y al final pensé que lo mejor era ir por la mañana a lo de Lila y ver cómo estaba, o llamar por el ligustro. Al final me dormí pensando en Lila y Buffalo Bill y también en la máquina de las hormigas, pero sobre todo en Lila.

Al otro día me levanté antes que nadie y fui a mi jardín, que estaba cerca de las glicinas. Mi jardín era un cantero nada más que mío, que abuelita me había dado para que yo hiciese lo que quisiera. Una vez planté alpiste, después batatas, pero ahora me gustaban las flores y sobre todo mi jazmín del Cabo, que es el de olor más fuerte sobre todo de noche, y mamá siempre decía que mi jazmín era el más lindo de la casa. Con la pala fui cavando despacio alrededor del jazmín, que era lo mejor que yo tenía, y al final lo saqué con toda la tierra pegada a la raíz. Así fui a llamarla a Lila que también estaba levantada y no tenía casi nada en la rodilla.

—¿Hugo se va mañana? —me preguntó, y le dije que sí, porque tenía que seguir estudiando en Buenos Aires el ingreso a primer año. Le dije a Lila que le traía una cosa y ella me preguntó qué era, y entonces por entre el ligustro le mostré mi jazmín y le dije que se lo regalaba y que si quería la iba a ayudar a hacerse un jardín para ella sola. Lila dijo que el jazmín era muy lindo, y le pidió permiso a la madre y yo salté el ligustro para ayudarla a plantarlo. Elegimos un cantero chico, arrancamos unos crisantemos medio secos que había, y yo me puse a puntear la tierra, a darle otra forma al cantero, y después Lila me dijo dónde le gustaba que estuviera el jazmín, que era en el mismo medio. Yo lo planté, regamos con la regadera y el jardín quedó muy bien. Ahora yo tenía que conseguir un poco de gramilla, pero no había apuro. Lila estaba muy contenta y no le dolía nada la lastimadura. Quería que Hugo y mi hermana vieran en seguida lo que habíamos hecho, y yo los fui a buscar justo cuando mamá me llamaba para el café con leche. Las de Negri andaban peleándose en el jardín, y la Cufina chillaba como siempre. No sé cómo podían pelearse con una mañana tan linda.

El sábado por la tarde Hugo se tenía que volver a Buenos Aires y yo dentro de todo me alegré, porque tío Carlos no quería encender la máquina ese día y lo dejó para el domingo. Mejor que estuviéramos él y yo solamente, no fuera la mala pata que Hugo se saliera envenenando o cualquier cosa. Esa tarde lo extrañé un poco porque ya me había acostumbrado a tenerlo en mi cuarto, y sabía tantos cuentos y aventuras de memoria. Pero peor era mi hermana que andaba por toda la casa como sonámbula, y cuando mamá le preguntó qué le pasaba dijo que nada, pero ponía una cara que mamá se quedó mirándola y al final se fue diciendo que algunas se creían más grandes de lo que eran y eso que ni sonarse solas sabían. Yo encontraba que mi hermana se portaba como una estúpida, sobre todo cuando la vi que con tiza de colores escribía en el pizarrón del patio el nombre de Hugo, lo borraba y lo escribía de nuevo, siempre con otros colores y otras letras, mirándome de reojo, y después hizo un corazón con una flecha y yo me fui para no pegarle un par de bifes o ir a decírselo a mamá. Para peor esa tarde Lila se había vuelto a su casa temprano, diciendo que la madre no la dejaba quedarse por culpa de la lastimadura. Hugo le dijo que a las cinco venían a buscarlo de Buenos Aires, y que por qué no se quedaba hasta que él se fuera, pero Lila dijo que no podía y se fue corriendo y sin saludar. Por eso cuando lo vinieron a buscar, Hugo tuvo que ir a despedirse de Lila y la madre, y después se despidió de nosotros y se fue muy contento diciendo que volvería al otro fin de semana. Esa noche yo me sentí un poco solo en mi cuarto, pero por otro lado era una ventaja sentir que todo era de nuevo mío, y que podía apagar la luz cuando me daba la gana.

El domingo al levantarme oí que mamá hablaba por el alambrado con el señor Negri. Me acerqué a decir buen día y el señor Negri estaba diciéndole a mamá que en el cantero de las lechugas donde salía el humo el día que probamos la máquina, todas las lechugas se estaban marchitando. Mamá le dijo que era muy raro porque en el prospecto de la máquina decía que el humo no era dañino para las plantas, y el señor Negri le contestó que no hay que fiarse de los prospectos, que lo mismo es con los remedios que cuando uno lee el prospecto se va a curar de todo y después a lo mejor acaba entre cuatro velas. Mamá le dijo que podía ser que alguna de las chicas hubiera echado agua de jabón en el cantero sin querer (pero yo me di cuenta que mamá quería decir a propósito, de chusmas que eran y para buscar pelea) y entonces el señor Negri dijo que iba a averiguar pero que en realidad si la máquina mataba las plantas no se veía la ventaja de tomarse tanto trabajo. Mamá le dijo que no iba a comparar unas lechugas de mala muerte con el estrago que hacen las hormigas en los jardines, y que por la tarde la íbamos a encender, y si veían humo que avisaran que nosotros iríamos a tapar los hormigueros para que ellos no se molestaran. Abuelita me llamó para tomar el café y no sé qué más se dijeron, pero yo estaba entusiasmado pensando que otra vez íbamos a combatir las hormigas, y me pasé la mañana leyendo Raffles aunque no me gustaba tanto como *Buffalo Bill* y otras novelas.

A mi hermana se le había pasado la loca y andaba cantando por toda la casa, en una de esas le dio por pintar con los lápices de colores y vino adonde yo estaba, y antes de darme cuenta ya había metido la nariz en lo que yo hacía, y justo por casualidad yo acababa de escribir mi nombre, que me gustaba escribirlo en todas partes, y el de Lila que por pura casualidad había escrito al lado del mío. Cerré el libro pero ella ya había leído y se puso a reír a carcajadas y me miraba como con lástima, y yo me le fui encima pero ella chilló y oí que mamá se acercaba, entonces me fui al jardín con toda la rabia. En el almuerzo ella me estuvo mirando con burla todo el tiempo, y me hubiera encantado pegarle una patada por abajo de la mesa, pero era capaz de ponerse a gritar y a la tarde íbamos a encender la máquina, así que me aguanté y no dije nada. A la hora de la siesta me trepé al sauce a leer y a pensar, y cuando a las cuatro y media salió tío Carlos de dormir, cebamos mate y después preparamos la máquina, y yo hice dos palanganas de barro. Las mujeres estaban adentro y hacía calor, sobre todo al lado de la máquina que era a carbón, pero el mate es bueno para eso si se toma amargo y muy caliente.

Habíamos elegido la parte del fondo del jardín cerca de los gallineros, porque parecía que las hormigas se estaban refugiando en esa parte y hacían mucho estrago en los almácigos. Apenas pusimos el pico en el hormiguero más grande empezó a salir humo por todas partes, y hasta por entre los ladrillos del piso del gallinero salía. Yo iba de un lado a otro taponando la tierra, y me gustaba echar el barro encima y aplastarlo con las manos hasta que dejaba de salir el humo. Tío Carlos se asomó al alambrado de las de Negri y le preguntó a la Chola, que era la menos sonsa, si no salía humo en su jardín, y la Cufina armaba gran revuelo y andaba por todas partes mirando porque a tío Carlos le tenían mucho respeto, pero no salía humo del lado de ellas. En cambio oí que Lila me llamaba y fui corriendo al ligustro y la vi que estaba con su vestido de lunares anaranjados que era el que más me gustaba, y la rodilla vendada. Me gritó que salía humo de su jardín, el que era solamente suyo, y yo ya estaba saltando el alambrado con una de las palanganas de barro mientras Lila me decía afligida que al ir a ver su jardín había oído que hablábamos con las de Negri y que entonces justo al lado de donde habíamos plantado el jazmín empezaba a salir humo. Yo estaba arrodillado echando barro con todas mis fuerzas. Era muy peligroso para el jazmín recién trasplantado y ahora con el veneno tan cerca, aunque el manual decía que no. Pensé si no podría cortar la galería de las hormigas unos metros antes del cantero, pero antes de nada eché el barro y taponé la salida lo mejor que pude. Lila se había sentado a la sombra con un libro y me miraba trabajar. Me gustaba que me estuviera mirando, y puse tanto barro que seguro por ahí no iba a salir más humo. Después me acerqué a preguntarle dónde había una pala para ver de cortar la galería antes que llegara al jazmín con todo el veneno. Lila se levantó y fue a buscar la pala, y como tardaba yo me puse a mirar el libro que era de cuentos con figuras, y me quedé asombrado al ver que Lila también tenía una pluma de pavo real preciosa en el libro, y que nunca me había dicho nada. Tío Carlos me estaba llamando para que taponara otros agujeros, pero yo me quedé mirando la pluma que no podía ser la de Hugo pero era tan idéntica que parecía del mismo pavo real, verde con el ojo violeta y azul, y las manchitas de oro. Cuando Lila vino con la pala le pregunté de dónde había sacado la pluma, y pensaba contarle que Hugo tenía una idéntica. Casi no me di cuenta de lo que me decía cuando se puso muy colorada y contestó que Hugo se la había regalado al ir a despedirse.

—Me dijo que en su casa hay muchas —agregó como disculpándose pero no me miraba, y tío Carlos me llamó más fuerte del otro lado de los ligustros y yo tiré la pala que me había dado Lila y me volví al alambrado, aunque Lila me llamaba y me decía que otra vez estaba saliendo humo en su jardín. Salté el alambrado y desde casa por entre los ligustros la miré a Lila que estaba llorando con el libro en la mano y la pluma que asomaba apenas, y vi que el humo salía ahora al lado mismo del jazmín, todo el veneno mezclándose con las raíces. Fui hasta la máquina aprovechando que tío Carlos hablaba de nuevo con las de Negri, abrí la lata del veneno y eché dos, tres cucharadas llenas en la máquina y la cerré; así el humo invadía bien los hormigueros y mataba todas las hormigas, no dejaba ni una hormiga viva en el jardín de casa.

En *Final del juego* (1956)

La noche boca arriba

Y salían en ciertas épocas a cazar enemigos;
le llamaban la guerra florida.

A mitad del largo zaguán del hotel pensó que debía ser tarde, y se apuró a salir a la calle y sacar la motocicleta del rincón donde el portero de al lado le permitía guardarla. En la joyería de la esquina vio que eran las nueve menos diez; llegaría con tiempo sobrado adonde iba. El sol se filtraba entre los altos edificios del centro, y él —porque para sí mismo, para ir pensando, no tenía nombre— montó en la máquina saboreando el paseo. La moto ronroneaba entre sus piernas, y un viento fresco le chicoteaba los pantalones.

Dejó pasar los ministerios (el rosa, el blanco) y la serie de comercios con brillantes vitrinas de la calle Central. Ahora entraba en la parte más agradable del trayecto, el verdadero paseo: una calle larga, bordeada de árboles, con poco tráfico y amplias villas que dejaban venir los jardines hasta las aceras, apenas demarcadas por setos bajos. Quizá algo distraído, pero corriendo sobre la derecha como correspondía, se dejó llevar por la tersura, por la leve crispación de ese día apenas empezado. Tal vez su involuntario relajamiento le impidió prevenir el accidente. Cuando vio que la mujer parada en la esquina se lanzaba a la calzada a pesar de las luces verdes, ya era tarde para las soluciones fáciles. Frenó con el pie y la mano, desviándose a la izquierda; oyó el grito de la mujer, y junto con el choque perdió la visión. Fue como dormirse de golpe.

Volvió bruscamente del desmayo. Cuatro o cinco hombres jóvenes lo estaban sacando de debajo de la moto. Sentía gusto a sal y sangre, le dolía una rodilla, y cuando lo alzaron gritó, porque no podía soportar la presión en el brazo derecho. Voces que no parecían pertenecer a las caras suspendidas sobre él, lo alentaban con bromas y seguridades. Su único alivio fue oír la confirmación de que había estado en su derecho al cruzar la esquina. Preguntó por la mujer, tratando de dominar la náusea que le ganaba la garganta. Mientras lo llevaban boca arriba hasta una farmacia próxima, supo que la causante del accidente no tenía más que rasguños en las piernas. "Usté la agarró apenas, pero el golpe le hizo saltar la máquina de costado..." Opiniones, recuerdos, despacio, éntrenlo de espaldas, así va bien, y alguien con guardapolvo dándole a beber un trago que lo alivió en la penumbra de una pequeña farmacia de barrio.

La ambulancia policial llegó a los cinco minutos, y lo subieron a una camilla blanda donde pudo tenderse a gusto. Con toda lucidez, pero sabiendo que estaba bajo los efectos de un shock terrible, dio sus señas al policía que lo acompañaba. El brazo casi no le dolía; de una cortadura en la ceja goteaba sangre por toda la cara. Una o dos veces se lamió los labios para beberla. Se sentía bien, era un accidente, mala suerte; unas semanas quieto y nada más. El vigilante le dijo que la motocicleta no parecía muy estropeada. "Natural", dijo él. "Como que me la ligué encima..." Los dos se rieron, y el vigilante le dio la mano al llegar al hospital y le deseó buena suerte. Ya la náusea volvía poco a poco; mientras lo llevaban en una camilla de ruedas hasta un pabellón del fondo, pasando bajo árboles llenos de pájaros, cerró los ojos y deseó estar dormido o cloroformado. Pero lo tuvieron largo rato en una pieza con olor a hospital, llenando una ficha, quitándole la ropa y vistiéndolo con una camisa grisácea y dura. Le movían cuidadosamente el brazo, sin que le doliera. Las enfermeras bromeaban todo el tiempo, y si no hubiera sido por las contracciones del estómago se habría sentido muy bien, casi contento.

Lo llevaron a la sala de radio, y veinte minutos después, con la placa todavía húmeda puesta sobre el pecho como una lápida negra, pasó a la sala de operaciones. Alguien de blanco, alto y delgado, se le acercó y se puso a mirar la radiografía. Manos de mujer le acomodaban la cabeza, sintió que lo pasaban de una camilla a otra. El hombre de blanco se le acercó otra vez, sonriendo, con algo que le brillaba en la mano derecha. Le palmeó la mejilla e hizo una seña a alguien parado atrás.

Como sueño era curioso porque estaba lleno de olores y él nunca soñaba olores. Primero un olor a pantano, ya que a la izquierda de la calzada empezaban las marismas, los tembladerales de donde no volvía nadie. Pero el olor cesó, y en cambio vino una fragancia compuesta y oscura como la noche en que se movía huyendo de los aztecas. Y todo era tan natural, tenía que huir de los aztecas que andaban a caza de hombre, y su única probabilidad era la de esconderse en lo más denso de la selva, cuidando de no apartarse de la estrecha calzada que sólo ellos, los motecas, conocían.

Lo que más lo torturaba era el olor, como si aun en la absoluta aceptación del sueño algo se rebelara contra eso que no era habitual, que hasta entonces no había participado del juego. "Huele a guerra", pensó, tocando instintivamente el puñal de piedra atravesado en su ceñidor de lana tejida. Un sonido inesperado lo hizo agacharse y quedar inmóvil, temblando. Tener miedo no era extraño, en sus sueños abundaba el miedo. Esperó, tapado por las ramas de un arbusto y la noche sin estrellas. Muy lejos, probablemente del otro lado del gran lago, debían estar ardiendo fuegos de vivac; un resplandor rojizo teñía esa parte del cielo. El sonido no se repitió. Había sido como una rama quebrada. Tal vez un animal que escapaba como él del olor de la guerra. Se enderezó despacio, venteando. No se oía nada, pero el miedo seguía allí como el olor, ese incienso dulzón de la guerra florida. Había que seguir, llegar al corazón de la selva evitando las ciénagas. A tientas, agachándose a cada instante para tocar el suelo más duro de la calzada, dio algunos pasos. Hubiera querido echar a correr, pero los tembladerales palpitaban a su lado. En el sendero en tinieblas, buscó el rumbo. Entonces sintió una bocanada horrible del olor que más temía, y saltó desesperado hacia adelante.

—Se va a caer de la cama —dijo el enfermo de al lado—. No brinque tanto, amigazo.

Abrió los ojos y era de tarde, con el sol ya bajo en los ventanales de la larga sala. Mientras trataba de sonreír a su vecino, se despegó casi físicamente de la última visión de la pesadilla. El brazo, enyesado, colgaba de un aparato con pesas y poleas. Sintió sed, como si hubiera estado corriendo kilómetros, pero no querían darle mucha agua, apenas para mojarse los labios y hacer un buche. La fiebre lo iba ganando despacio y hubiera podido dormirse otra vez, pero saboreaba el placer de quedarse despierto, entornados los ojos, escuchando el diálogo de los otros enfermos, respondiendo de cuando en cuando a alguna pregunta. Vio llegar un carrito blanco que pusieron al lado de su cama, una enfermera rubia le frotó con alcohol la cara anterior del muslo y le clavó una gruesa aguja conectada con un tubo que subía hasta un frasco lleno de líquido opalino. Un médico joven vino con un aparato de metal y cuero que le ajustó al brazo sano para verificar alguna cosa. Caía la noche, y la fiebre lo iba arrastrando blandamente a un estado donde las cosas tenían un relieve como de gemelos de teatro, eran reales y dulces y a la vez ligeramente repugnantes; como estar viendo una película aburrida y pensar que sin embargo en la calle es peor; y quedarse.

Vino una taza de maravilloso caldo de oro oliendo a puerro, a apio, a perejil. Un trocito de pan, más precioso que todo un banquete, se fue desmigajando poco a poco. El brazo no le dolía nada y solamente en la ceja, donde lo habían suturado, chirriaba a veces una punzada caliente y rápida. Cuando los ventanales de enfrente viraron a manchas de un azul oscuro, pensó que no le iba a ser difícil dormirse. Un poco incómodo, de espaldas, pero al pasarse la lengua por los labios resecos y calientes sintió el sabor del caldo, y suspiró de felicidad, abandonándose.

Primero fue una confusión, un atraer hacia sí todas las sensaciones por un instante embotadas o confundidas. Comprendía que estaba corriendo en plena oscuridad, aunque arriba el cielo cruzado de copas de árboles era menos negro que el resto. "La calzada", pensó. "Me salí de la calzada." Sus pies se hundían en un colchón de hojas y barro, y ya no podía dar un paso sin que las ramas de los arbustos le azotaran el torso y las piernas. Jadeante, sabiéndose acorralado a pesar de la oscuridad y el silencio, se agachó para escuchar. Tal vez la calzada estaba cerca, con la primera luz del día iba a verla otra vez. Nada podía ayudarlo ahora a encontrarla. La mano que sin saberlo él aferraba el mango del puñal, subió como el escorpión de los pantanos hasta su cuello, donde colgaba el amuleto protector. Moviendo apenas los labios musitó la plegaria del maíz que trae las lunas felices, y la súplica a la Muy Alta, a la dispensadora de los bienes motecas. Pero sentía al mismo tiempo que los tobillos se le estaban hundiendo despacio en el barro, y la espera en la oscuridad del chaparral desconocido se le hacía insoportable. La guerra florida había empezado con la luna y llevaba ya tres días y tres noches. Si conseguía refugiarse en lo profundo de la selva, abandonando la calzada más allá de la región de las ciénagas, quizá los guerreros no le siguieran el rastro. Pensó en los muchos prisioneros que ya habrían hecho. Pero la cantidad no contaba, sino el tiempo sagrado. La caza continuaría hasta que los sacerdotes dieran la señal del regreso. Todo tenía su número y su fin, y él estaba dentro del tiempo sagrado, del otro lado de los cazadores.

Oyó los gritos y se enderezó de un salto, puñal en mano. Como si el cielo se incendiara en el horizonte, vio antorchas moviéndose entre las ramas, muy cerca. El olor a guerra era insoportable, y cuando el primer enemigo le saltó al cuello casi sintió placer en hundirle la hoja de piedra en pleno pecho. Ya lo rodeaban las luces, los gritos alegres. Alcanzó a cortar el aire una o dos veces, y entonces una soga lo atrapó desde atrás.

—Es la fiebre —dijo el de la cama de al lado—. A mí me pasaba igual cuando me operé del duodeno. Tome agua y va a ver que duerme bien.

Al lado de la noche de donde volvía, la penumbra tibia de la sala le pareció deliciosa. Una lámpara violeta velaba en lo alto de la pared del fondo como un ojo protector. Se oía toser, respirar fuerte, a veces un diálogo en voz baja. Todo era grato y seguro, sin ese acoso, sin... Pero no quería seguir pensando en la pesadilla. Había tantas cosas en qué entretenerse. Se puso a mirar el yeso del brazo, las poleas que tan cómodamente se lo sostenían en el aire. Le habían puesto una botella de agua mineral en la mesa de noche. Bebió del gollete, golosamente. Distinguía ahora las formas de la sala, las treinta camas, los armarios con vitrinas. Ya no debía tener tanta fiebre, sentía fresca la cara. La ceja le dolía apenas, como un recuerdo. Se vio otra vez saliendo del hotel, sacando la moto. ¿Quién hubiera pensado que la cosa iba a acabar así? Trataba de fijar el momento del accidente y le dio rabia advertir que había ahí como un hueco, un vacío que no alcanzaba a rellenar. Entre el choque y el momento en que lo habían levantado del suelo, un desmayo o lo que fuera no le dejaba ver nada. Y al mismo tiempo tenía la sensación de que ese hueco, esa nada, había durado una eternidad. No, ni siquiera tiempo, más bien como si en ese hueco él hubiera pasado a través de algo o recorrido distancias inmensas. El choque, el golpe brutal contra el pavimento. De todas maneras al salir del pozo negro había sentido casi un alivio mientras los hombres lo alzaban del suelo. Con el dolor del brazo roto, la sangre de la ceja partida, la contusión en la rodilla; con todo eso, un alivio al volver al día y sentirse sostenido y auxiliado. Y era raro. Le preguntaría alguna vez al médico de la oficina. Ahora volvía a ganarlo el sueño, a tirarlo despacio hacia abajo. La almohada era tan blanda, y en su garganta afiebrada la frescura del agua mineral. Quizá pudiera descansar de veras, sin las malditas pesadillas. La luz violeta de la lámpara en lo alto se iba apagando poco a poco.

Como dormía de espaldas, no lo sorprendió la posición en que volvía a reconocerse, pero en cambio el olor a humedad, a piedra rezumante de filtraciones, le cerró la garganta y lo obligó a comprender. Inútil abrir los ojos y mirar en todas direcciones; lo envolvía una oscuridad absoluta. Quiso enderezarse y sintió las sogas en las muñecas y los tobillos. Estaba estaqueado en el suelo, en un piso de lajas helado y húmedo. El frío le ganaba la espalda desnuda, las piernas. Con el mentón buscó torpemente el contacto con su amuleto, y supo que se lo habían arrancado. Ahora estaba perdido, ninguna plegaria podía salvarlo del final. Lejanamente, como filtrándose entre las piedras del calabozo, oyó los atabales de la fiesta. Lo habían traído al teocalli, estaba en las mazmorras del templo a la espera de su turno.

Oyó gritar, un grito ronco que rebotaba en las paredes. Otro grito, acabando en un quejido. Era él que gritaba en las tinieblas, gritaba porque estaba vivo, todo su cuerpo se defendía con el grito de lo que iba a venir, del final inevitable. Pensó en sus compañeros que llenarían otras mazmorras, y en los que ascendían ya los peldaños del sacrificio. Gritó de nuevo sofocadamente, casi no podía abrir la boca, tenía las mandíbulas agarrotadas y a la vez como si fueran de goma y se abrieran lentamente, con un esfuerzo interminable. El chirriar de los cerrojos lo sacudió como un látigo. Convulso, retorciéndose, luchó por zafarse de las cuerdas que se le hundían en la carne. Su brazo derecho, el más fuerte, tiraba hasta que el dolor se hizo intolerable y tuvo que ceder. Vio abrirse la doble puerta, y el olor de las antorchas le llegó antes que la luz. Apenas ceñidos con el taparrabos de la ceremonia, los acólitos de los sacerdotes se le acercaron mirándolo con desprecio. Las luces se reflejaban en los torsos sudados, en el pelo negro lleno de plumas. Cedieron las sogas, y en su lugar lo aferraron manos calientes, duras como bronce; se sintió alzado, siempre boca arriba, tironeado por los cuatro acólitos que lo llevaban por el pasadizo. Los portadores de antorchas iban adelante, alumbrando vagamente el corredor de paredes mojadas y techo tan bajo que los acólitos debían agachar la cabeza. Ahora lo llevaban, lo llevaban, era el final. Boca arriba, a un metro del techo de roca viva que por momentos se iluminaba con un reflejo de antorcha. Cuando en vez del techo nacieran las estrellas y se alzara frente a él la escalinata incendiada de gritos y danzas, sería el fin. El pasadizo no acababa nunca, pero ya iba a acabar, de repente olería el aire lleno de estrellas, pero todavía no, andaban llevándolo sin fin en la penumbra roja, tironeándolo brutalmente, y él no quería, pero cómo impedirlo si le habían arrancado el amuleto que era su verdadero corazón, el centro de la vida.

Salió de un brinco a la noche del hospital, al alto cielo raso dulce, a la sombra blanda que lo rodeaba. Pensó que debía haber gritado, pero sus vecinos dormían callados. En la mesa de noche, la botella de agua tenía algo de burbuja, de imagen translúcida contra la sombra azulada de los ventanales. Jadeó, buscando el alivio de los pulmones, el olvido de esas imágenes que seguían pegadas a sus párpados. Cada vez que cerraba los ojos las veía formarse instantáneamente, y se enderezaba aterrado pero gozando a la vez del saber que ahora estaba despierto, que la vigilia lo protegía, que pronto iba a amanecer, con el buen sueño profundo que se tiene a esa hora, sin imágenes, sin nada... Le costaba mantener los ojos abiertos, la modorra era más fuerte que él. Hizo un último esfuerzo, con la mano sana esbozó un gesto hacia la botella de agua; no llegó a tomarla, sus dedos se cerraron en un vacío otra vez negro, y el pasadizo seguía interminable, roca tras roca, con súbitas fulguraciones rojizas, y él boca arriba gimió apagadamente porque el techo iba a acabarse, subía, abriéndose como una boca de sombra, y los acólitos se enderezaban y de la altura una luna menguante le cayó en la cara donde los ojos no querían verla, desesperadamente se cerraban y abrían buscando pasar al otro lado, descubrir de nuevo el cielo raso protector de la sala. Y cada vez que se abrían era la noche y la luna mientras lo subían por la escalinata, ahora con la cabeza colgando hacia abajo, y en lo alto estaban las hogueras, las rojas columnas de humo perfumado, y de golpe vio la piedra roja, brillante de sangre que chorreaba, y el vaivén de los pies del sacrificado que arrastraban para tirarlo rodando por las escalinatas del norte. Con una última esperanza apretó los párpados, gimiendo por despertar. Durante un segundo creyó que lo lograría, porque otra vez estaba inmóvil en la cama, a salvo del balanceo cabeza abajo. Pero olía la muerte, y cuando abrió los ojos vio la figura ensangrentada del sacrificador que venía hacia él con el cuchillo de piedra en la mano. Alcanzó a cerrar otra vez los párpados, aunque ahora sabía que no iba a despertarse, que estaba despierto, que el sueño maravilloso había sido el otro, absurdo como todos los sueños; un sueño en el que había andado por extrañas avenidas de una ciudad asombrosa, con luces verdes y rojas que ardían sin llama ni humo, con un enorme insecto de metal que zumbaba bajo sus piernas. En la mentira infinita de ese sueño también lo habían alzado del suelo, también alguien se le había acercado con un cuchillo en la mano, a él tendido boca arriba, a él boca arriba con los ojos cerrados entre las hogueras.

En *Final del juego* (1956)

La noche boca arriba

Las armas secretas

C urioso que la gente crea que tender una cama es exactamente lo mismo que tender una cama, que dar la mano es siempre lo mismo que dar la mano, que abrir una lata de sardinas es abrir al infinito la misma lata de sardinas. "Pero si todo es excepcional", piensa Pierre alisando torpemente el gastado cobertor azul. "Ayer llovía, hoy hubo sol, ayer estaba triste, hoy va a venir Michèle. Lo único invariable es que jamás conseguiré que esta cama tenga un aspecto presentable". No importa, a las mujeres les gusta el desorden de un cuarto de soltero, pueden sonreír (la madre asoma en todos sus dientes) y arreglar las cortinas, cambiar de sitio un florero o una silla, decir sólo a ti se te podía ocurrir poner esa mesa donde no hay luz. Michèle dirá probablemente cosas así, andará tocando y moviendo libros y lámparas, y él la dejará hacer mirándola todo el tiempo, tirado en la cama o hundido en el viejo sofá, mirándola a través del humo de una *Gauloise* y deseándola.

"Las seis, la hora grave", piensa Pierre. La hora dorada en que todo el barrio de Saint-Sulpice empieza a cambiar, a prepararse para la noche. Pronto saldrán las chicas del estudio del notario, el marido de madame Lenôtre arrastrará su pierna por las escaleras, se oirán las voces de las hermanas del sexto piso, inseparables a la hora de comprar el pan y el diario. Michèle ya no puede tardar, a menos que se pierda o se vaya demorando por la calle, con su especial aptitud para detenerse en cualquier parte y echar a viajar por los pequeños mundos particulares de las vitrinas. Después le contará: un oso de cuerda, un disco de Couperin, una cadena de bronce con una piedra azul, las obras completas de Stendhal, la moda de verano. Razones tan comprensibles para llegar un poco tarde. Otra Gauloise, entonces, otro trago de coñac. Le dan ganas de escuchar unas canciones de MacOrlan, busca sin mucho esfuerzo entre montones de papeles y cuadernos. Seguro que Roland o Babette se han llevado el disco; bien podrían avisarle cuando se llevan algo suyo. ¿Por qué no llega Michèle? Se sienta al borde de la cama, arrugando el cobertor. Ya está, ahora tendrá que tirar de un lado y de otro, reaparecerá el maldito borde de la almohada. Huele terriblemente a tabaco, Michèle va a fruncir la nariz y a decirle que huele terriblemente a tabaco. Cientos y cientos de Gauloises fumadas en cientos y cientos de días: una tesis, algunas amigas, dos crisis hepáticas, novelas, aburrimiento. ¿Cientos y cientos de Gauloises? Siempre lo sorprende descubrirse inclinado sobre lo nimio, dándole importancia a los detalles. Se acuerda de viejas corbatas que ha tirado a la basura hace diez años, del color de una estampilla del Congo Belga, orgullo de una infancia filatélica. Como si en el fondo de la memoria supiera exactamente cuántos cigarrillos ha fumado en su vida, qué gusto tenía cada uno, en qué momento lo encendió, dónde tiró la colilla. A lo mejor las cifras absurdas que a veces aparecen en sus sueños son asomos de esa implacable contabilidad. "Pero entonces Dios existe", piensa Pierre. El espejo del armario le devuelve su sonrisa, obligándolo como siempre a recomponer el rostro, a echar hacia atrás el mechón de pelo negro que Michèle amenaza cortarle. ¿Por qué no llega Michèle? "Porque no quiere entrar en mi cuarto", piensa Pierre. Pero para poder cortarle un día el mechón de la frente tendrá que entrar en su cuarto y acostarse en su cama. Alto precio paga Dalila, no se llega sin más al pelo de un hombre. Pierre se dice que es un estúpido por haber pensado que Michèle no quiere subir a su cuarto. Lo ha pensado sordamente, como desde lejos. A veces el pensamiento parece tener que abrirse camino por incontables barreras, hasta proponerse y ser escuchado. Es idiota haber pensado que Michèle no quiere subir a su cuarto. Si no viene es porque está absorta delante de la vitrina de una ferretería o una tienda, encantada con la visión de una pequeña foca de porcelana o una litografía de Zao-Wu-Ki. Le parece verla, y a la vez se da cuenta de que está imaginando una escopeta de doble caño, justamente cuando traga el humo del cigarrillo y se siente como perdonado de su tontería. Una escopeta de doble caño no tiene nada de raro, pero qué puede hacer a esa hora y en su pieza la idea de una escopeta de doble caño, y esa sensación como de extrañamiento. No le gusta esa hora en que todo vira al lila, al gris. Estira indolentemente el brazo para encender la lámpara de la mesa. ¿Por qué no llega Michèle? Ya no vendrá, es inútil seguir esperando.

Habrá que pensar que realmente no quiere venir a su cuarto. En fin, en fin. Nada de tomarlo a lo trágico; otro coñac, la novela empezada, bajar a comer algo al bistró de León. Las mujeres serán siempre las mismas, en Enghien o en París, jóvenes o maduras. Su teoría de los casos excepcionales empieza a venirse al suelo, la ratita retrocede antes de entrar en la ratonera. Pero ¿qué ratonera? Un día u otro, antes o después... La ha estado esperando desde las cinco, aunque ella debía llegar a las seis; ha alisado especialmente para ella el cobertor azul, se ha trepado como un idiota a una silla, plumero en mano, para desprender una insignificante tela de araña que no hacía mal a nadie. Y sería tan natural que en ese mismo momento ella bajara del autobús en Saint-Sulpice y se acercara a su casa, deteniéndose ante las vitrinas o mirando las palomas de la plaza. No hay ninguna razón para que no quiera subir a su cuarto. Claro que tampoco hay ninguna razón para pensar en una escopeta de doble caño, o decidir que en este momento Michaux sería mejor lectura que Graham Greene. La elección instantánea preocupa siempre a Pierre. No puede ser que todo sea gratuito, que un mero azar decida Greene contra Michaux, Michaux contra Enghien, es decir, contra Greene. Incluso confundir una localidad como Enghien con un escritor como Greene... "No puede ser que todo sea tan absurdo", piensa Pierre tirando el cigarrillo. "Y si no viene es porque le ha pasado algo; no tiene nada que ver con nosotros dos".

Baja a la calle, espera un rato en la puerta. Ve encenderse las luces en la plaza. En lo de León no hay casi nadie cuando se sienta en una mesa de la calle y pide una cerveza. Desde donde está puede ver la entrada de su casa, de modo que si todavía... León habla de la Vuelta de Francia; llegan Nicole y su amiga, la florista de la voz ronca. La cerveza está helada, será cosa de pedir unas salchichas. En la entrada de su casa el chico de la portera juega a saltar sobre un pie. Cuando se cansa se pone a saltar sobre el otro, sin moverse de la puerta.

—Qué tontería —dice Michèle—. ¿Por qué no iba a querer ir a tu casa, si habíamos quedado en eso?

Edmond trae el café de las once de la mañana. No hay casi nadie a esa hora, y Edmond se demora al lado de la mesa para comentar la Vuelta de Francia. Después Michèle explica lo presumible, lo que Pierre hubiera debido pensar. Los frecuentes desvanecimientos de su madre, papá que se asusta y telefonea a la oficina, saltar a un taxi para que luego no sea nada, un mareo insignificante. Todo eso no ocurre por primera vez, pero hace falta ser Pierre para...

—Me alegro de que ya esté bien —dice tontamente Pierre.

Pone una mano sobre la mano de Michèle. Michèle pone su otra mano sobre la de Pierre. Pierre pone su otra mano sobre la de Michèle. Michèle saca la mano de abajo y la pone encima. Pierre saca la mano de abajo y la pone encima. Michèle saca la mano de abajo y apoya la palma contra la nariz de Pierre.

—Fría como la de un perrito.

Pierre admite que la temperatura de su nariz es un enigma insondable.

—Bobo —dice Michèle, resumiendo la situación.

Pierre la besa en la frente, sobre el pelo. Como ella agacha la cabeza, le toma el mentón y la obliga a que lo mire antes de besarla en la boca. La besa una, dos veces. Huele a algo fresco, a la sombra bajo los árboles. *Im wunderschonen Monat Mai*, oye distintamente la melodía. Lo admira vagamente recordar tan bien las palabras, que sólo traducidas tienen pleno sentido para él. Pero le gusta la melodía, las palabras suenan tan bien contra el pelo de Michèle, contra su boca húmeda. *Im wunderschonen Monat Mai, als...*

La mano de Michèle se hinca en su hombro, le clava las uñas.

—Me haces daño —dice Michèle rechazándolo, pasándose los dedos por los labios.

Pierre ve la marca de sus dientes en el borde del labio. Le acaricia la mejilla y la besa otra vez, livianamente. ¿Michèle está enojada? No, no está. ¿Cuándo, cuándo, cuándo van a encontrarse a solas? Le cuesta comprender, las explicaciones de Michèle parecen referirse a otra cosa. Obstinado en la idea de verla llegar algún día a su casa, de que va a subir los cinco pisos y entrar en su cuarto, no entiende que todo se ha despejado de golpe, que los padres de Michèle se van por quince días a la granja. Que se vayan, mejor así, porque entonces Michèle... De golpe se da cuenta, se queda mirándola. Michèle ríe.

—¿Vas a estar sola en tu casa estos quince días?

—Qué bobo eres —dice Michèle. Alarga un dedo y dibuja invisibles estrellas, rombos, suaves espirales. Por supuesto su madre cuenta con que la fiel Babette la acompañará esas dos semanas, ha habido tantos robos y asaltos en los suburbios. Pero Babette se quedará en París todo lo que ellos quieran.

Pierre no conoce el pabellón, aunque lo ha imaginado tantas veces que es como si ya estuviera en él, entra con Michèle en un saloncito agobiado de muebles vetustos, sube una escalera después de rozar con los dedos la bola de vidrio donde nace el pasamanos. No sabe por qué la casa le desagrada, tiene ganas de salir al jardín aunque cuesta creer que un pabellón tan pequeño pueda tener un jardín. Se desprende con esfuerzo de la imagen, descubre que es feliz, que está en el café con Michèle, que la casa será distinta de eso que imagina y que lo ahoga un poco con sus muebles y sus alfombras desvaídas. "Tengo que pedirle la motocicleta a Xavier", piensa Pierre. Vendrá a esperar a Michèle y en media hora estarán en Clamart, tendrán dos fines de semana para hacer excursiones, habrá que conseguir un termo y comprar nescafé.

—¿Hay una bola de vidrio en la escalera de tu casa?

—No —dice Michèle—, te confundes con...

Calla, como si algo le molestara en la garganta. Hundido en la banqueta, la cabeza apoyada en el alto espejo con que Edmond pretende multiplicar las mesas del café, Pierre admite vagamente que Michèle es como una gata o un retrato anónimo. La conoce desde hace tan poco, quizá también ella lo encuentra difícil de entender. Por lo pronto quererse no es nunca una explicación, como no lo es tener amigos comunes o compartir opiniones políticas. Siempre se empieza por creer que no hay misterio en nadie, es tan fácil acumular noticias: Michèle Duvernois, veinticuatro años, pelo castaño, ojos grises, empleada de escritorio. Y ella también sabe que Pierre Jolivet, veintitrés años, pelo rubio... Pero mañana irá con ella a su casa, en media hora de viaje estarán en Enghien. «Dale con Enghien», piensa Pierre, rechazando el nombre como si fuera una mosca. Tendrán quince días para estar juntos, y en la casa hay un jardín, probablemente tan distinto del que imagina, tendrá que preguntarle a Michèle cómo es el jardín, pero Michèle está llamando a Edmond, son más de las once y media y el gerente fruncirá la nariz si la ve volver tarde.

—Quédate un poco más —dice Pierre—. Ahí vienen Roland y Babette. Es increíble cómo nunca podemos estar solos en este café.

—¿Solos? —dice Michèle—. Pero si venimos para encontrarnos con ellos.

—Ya sé, pero lo mismo.

Michèle se encoge de hombros, y Pierre sabe que lo comprende y que en el fondo también lamenta que los amigos aparezcan tan puntualmente. Babette y Roland traen su aire habitual de plácida felicidad que esta vez lo irrita y lo impacienta. Están del otro lado, protegidos por el rompeolas del tiempo; sus cóleras y sus insatisfacciones pertenecen al mundo, a la política o al arte, nunca a ellos mismos, a su relación más profunda. Salvados por la costumbre, por los gestos mecánicos. Todo alisado, planchado, guardado, numerado. Cerditos contentos, pobres muchachos tan buenos amigos. Está a punto de no estrechar la mano que le tiende Roland, traga saliva, lo mira en los ojos, después le aprieta los

Julio Cortázar

dedos como si quisiera rompérselos. Roland ríe y se sienta frente a ellos; trae noticias de un cine club, habrá que ir sin falta el lunes. "Cerditos contentos", mastica Pierre. Es idiota, es injusto. Pero un film de Pudovkin, vamos, ya se podría ir buscando algo nuevo.

—Lo nuevo —se burla Babette—. Lo nuevo. Qué viejo estás, Pierre.

Ninguna razón para no querer darle la mano a Roland.

—Y se había puesto una blusa naranja que le quedaba tan bien —cuenta Michèle.

Roland ofrece Gauloises y pide café. Ninguna razón para no querer darle la mano a Roland.

—Sí, es una chica inteligente —dice Babette.

Roland mira a Pierre y le guiña un ojo. Tranquilo, sin problemas. Absolutamente sin problemas, cerdito tranquilo. A Pierre le da asco esa tranquilidad, que Michèle pueda estar hablando de una blusa naranja, tan lejos de él como siempre. No tiene nada que ver con ellos, ha entrado el último en el grupo, lo toleran apenas.

Mientras habla (ahora es cuestión de unos zapatos) Michèle se pasa un dedo por el borde del labio. Ni siquiera es capaz de besarla bien, le ha hecho daño y Michèle se acuerda. Y todo el mundo le hace daño a él, le guiñan un ojo, le sonríen, lo quieren mucho. Es como un peso en el pecho, una necesidad de irse y estar solo en su cuarto preguntándose por qué no ha venido Michèle, por qué Babette y Roland se han llevado un disco sin avisarle.

Michèle mira el reloj y se sobresalta. Arreglan lo del cine club, Pierre paga el café. Se siente mejor, quisiera charlar un poco más con Roland y Babette, los saluda con afecto. Cerditos buenos, tan amigos de Michèle.

Roland los ve alejarse, salir a la calle bajo el sol. Bebe despacio su café.

—Me pregunto —dice Roland.

—Yo también —dice Babette.

—¿Por qué no, al fin y al cabo?

—Por qué no, claro. Pero sería la primera vez desde entonces.

—Ya es tiempo de que Michèle haga algo de su vida —dice Roland—. Y si quieres mi opinión, está muy enamorada.

—Los dos están muy enamorados.

Roland se queda pensando.

Se ha citado con Xavier en un café de la plaza Saint-Michel, pero llega demasiado temprano. Pide cerveza y hojea el diario; no se acuerda bien de lo que ha hecho desde que se separó de Michèle en la puerta de la oficina. Los últimos meses son tan confusos como la mañana que aún no ha transcurrido y es ya una mezcla de falsos recuerdos, de equivocaciones. En esa remota vida que lleva, la única certidumbre es haber estado lo más cerca posible de Michèle, esperando y dándose cuenta de que no basta con eso, que todo es vagamente asombroso, que no sabe nada de Michèle, absolutamente nada en realidad (tiene ojos grises, tiene cinco dedos en cada mano, es soltera, se peina como una chiquilla), absolutamente nada en realidad. Entonces si uno no sabe nada de Michèle, basta dejar de verla un momento para que el hueco se vuelva una maraña espesa y amarga; te tiene miedo, te tiene asco, a veces te rechaza en lo más hondo de un beso, no se quiere acostar contigo, tiene horror de algo, esta misma mañana te ha rechazado con violencia (y qué encantadora estaba, y cómo se ha pegado contra ti en el momento de despedirse, y cómo lo ha preparado todo para reunirse contigo mañana e ir juntos a su casa de Enghien) y tú le has dejado la marca de los dientes en la boca, la estabas besando y la has mordido y ella se ha quejado, se ha pasado los dedos por la boca y se ha quejado sin enojo, un poco asombrada solamente, *als alle Knospen sprangen*, tú cantabas por dentro Schumann, pedazo de bruto, cantabas mientras la mordías en la boca y ahora te acuerdas, además subías una escalera, sí, la subías, rozabas con la mano la bola de vidrio donde nace el pasamanos, pero después Michèle ha dicho que en su casa no hay ninguna bola de vidrio.

Pierre resbala en la banqueta, busca los cigarrillos. En fin, tampoco Michèle sabe mucho de él, no es nada curiosa aunque tenga esa manera atenta y grave de escuchar las confidencias, esa aptitud para compartir un momento de vida, cualquier cosa, un gato que sale de una puerta cochera, una tormenta en la Cité, una hoja de trébol, un disco de Gerry Mulligan. Atenta, entusiasta y grave a la vez, tan igual para escuchar y para hacerse escuchar. Es así cómo de encuentro en encuentro, de charla en charla, han derivado a la soledad de la pareja en la multitud, un poco de política, novelas, ir al cine, besarse cada vez más hondamente, permitir que su mano baje por la garganta, roce los senos, repita la interminable pregunta sin respuesta. Llueve, hay que refugiarse en un portal; el sol cae sobre la cabeza, entraremos en esa librería, mañana te presentaré a Babette, es una vieja amiga, te va a gustar. Y después sucederá que el amigo de Babette es un antiguo camarada de Xavier que es el mejor amigo de Pierre, y el círculo se irá cerrando, a veces en casa de Babette y Roland, a veces en el consultorio de Xavier o en los cafés del barrio latino por la noche. Pierre agradecerá, sin explicarse la causa de su gratitud, que Babette y Roland sean tan amigos de Michèle y que den la impresión de protegerla discretamente, sin que Michèle necesite ser protegida. Nadie habla mucho de los demás en ese grupo; prefieren los grandes temas, la política o los procesos, y sobre todo mirarse satisfechos, cambiar cigarrillos, sentarse en los cafés y vivir sintiéndose rodeados de camaradas. Ha tenido suerte de que lo acepten y lo dejen entrar; no son fáciles, conocen los métodos más seguros para desanimar a los advenedizos. "Me gustan", se dice Pierre, bebiendo el resto de la cerveza. Quizá crean que ya es el amante de Michèle, por lo menos Xavier ha de creerlo; no le entraría en la cabeza que Michèle haya podido negarse todo ese tiempo, sin razones precisas, simplemente negarse y seguir encontrándose con él, saliendo juntos, dejándolo hablar o hablando ella. Hasta a la extrañeza es posible acostumbrarse, creer que el misterio se explica por sí mismo y que uno acaba por vivir dentro, aceptando lo inaceptable, despidiéndose en las esquinas o en los cafés cuando todo sería tan simple, una escalera con una bola de vidrio en el nacimiento del pasamanos que lleva al encuentro, al verdadero. Pero Michèle ha dicho que no hay ninguna bola de vidrio.

Alto y flaco, Xavier trae su cara de los días de trabajo. Habla de unos experimentos, de la biología como una incitación al escepticismo. Se mira un dedo, manchado de amarillo. Pierre le pregunta:

—¿Te ocurre pensar de golpe en cosas completamente ajenas a lo que estabas pensando?

—Completamente ajenas es una hipótesis de trabajo y nada más —dice Xavier.

—Me siento bastante raro estos días. Deberías darme alguna cosa, una especie de objetivador.

—¿De objetivador? —dice Xavier—. Eso no existe, viejo.

—Pienso demasiado en mí mismo —dice Pierre—. Es idiota.

—¿Y Michèle, no te objetiva?

—Precisamente, ayer me ocurrió que...

Se oye hablar, ve a Xavier que lo está viendo, ve la imagen de Xavier en un espejo, la nuca de Xavier, se ve a sí mismo hablando para Xavier (pero por qué se me tiene que ocurrir que hay una bola de vidrio en el nacimiento del pasamanos), y de cuando en cuando asiste al movimiento de cabeza de Xavier, el gesto profesional tan ridículo cuando no se está en un consultorio y el médico no tiene puesto el guardapolvo que lo sitúa en otro plano y le confiere otras potestades.

—Enghien —dice Xavier—. No te preocupes por eso, yo confundo siempre Le Mans con Menton. La culpa será de alguna maestra, allá en la lejana infancia.

Im wunderschonen Monat Mai, tararea la memoria de Pierre.

—Si no duermes bien avísame y te daré alguna cosa —dice Xavier—. De todas maneras estos quince días en el paraíso bastarán, estoy seguro. No hay como compartir una almohada, eso aclara completamente las ideas; a veces hasta acaba con ellas, lo cual es una tranquilidad.

Quizá si trabajara más, si se cansara más, si pintara su habitación o hiciera a pie el trayecto hasta la Facultad en vez de tomar el autobús. Si tuviera que ganar los setenta mil francos que le mandan sus padres. Apoyado en el pretil del Pont Neuf mira pasar las barcazas y siente el sol de verano en el cuello y los hombros. Un grupo de muchachas ríe y juega, se oye el trote de un caballo; un ciclista pelirrojo silba largamente al cruzarse con las muchachas, que ríen con más fuerza, y es como si las hojas secas se levantaran y le comieran la cara en un solo y horrible mordisco negro.

Pierre se frota los ojos, se endereza lentamente. No han sido palabras, tampoco una visión: algo entre las dos, una imagen descompuesta en tantas palabras como hojas secas en el suelo (que se ha levantado para darle en plena cara). Ve que su mano derecha está temblando contra el pretil. Aprieta el puño, lucha hasta dominar el temblor. Xavier ya andará lejos, sería inútil correr tras él, agregar una nueva anécdota al muestrario insensato. "Hojas secas", dirá Xavier. "Pero no hay hojas secas en el Pont Neuf". Como si él no supiera que no hay hojas secas en el Pont Neuf, que las hojas secas están en Enghien.

Ahora voy a pensar en ti, querida, solamente en ti toda la noche. Voy a pensar solamente en ti, es la única manera de sentirme a mí mismo, tenerte en el centro de mí mismo como un árbol, desprenderme poco a poco del tronco que me sostiene y me guía, flotar a tu alrededor cautelosamente, tanteando el aire con cada hoja (verdes, verdes, yo mismo y tú misma, tronco de savia y hojas verdes: verdes, verdes), sin alejarme de ti, sin dejar que lo otro penetre entre tú y yo, me distraiga de ti, me prive por un solo segundo de saber que esta noche está girando hacia el amanecer y que allá del otro lado, donde vives y estás durmiendo, será otra vez de noche cuando lleguemos juntos y entremos a tu casa, subamos los peldaños del porche, encendamos las luces, acariciemos a tu perro, bebamos café, nos miremos tanto antes de que yo te abrace (tenerte en el centro de mí mismo como un árbol) y te lleve hasta la escalera (pero no hay ninguna bola de vidrio) y empecemos a subir, subir, la puerta está cerrada, pero tengo la llave en el bolsillo...

Pierre salta de la cama, mete la cabeza bajo la canilla del lavabo. Pensar solamente en ti, pero cómo puede ocurrir que lo que está pensando sea un deseo oscuro y sordo donde Michèle no es ya Michèle (tenerte en el centro de mí mismo como un árbol), donde no alcanza a sentirla en sus brazos mientras sube la escalera, porque apenas ha pisado un peldaño ha visto la bola de vidrio y está solo, está subiendo solo la escalera y Michèle está arriba, encerrada, está detrás de la puerta sin saber que él tiene otra llave en el bolsillo y que está subiendo.

Se seca la cara, abre de par en par la ventana al fresco de la madrugada. Un borracho monologa amistosamente en la calle, balanceándose como si flotara en un agua pegajosa. Canturrea, va y viene cumpliendo una especie de danza suspendida y ceremoniosa en la grisalla que muerde poco a poco las piedras del pavimento, los portales cerrados. *Als alle Knospen sprangen*, las palabras se dibujan en los labios resecos de Pierre, se pegan al canturreo de abajo que no tiene nada que ver con la melodía, pero tampoco las palabras tienen que ver con nada, vienen como todo el resto, se pegan a la vida por un momento y después hay como una ansiedad rencorosa, huecos volcándose para mostrar jirones que se enganchan en cualquier otra cosa, una escopeta de dos caños, un colchón de hojas secas, el borracho que danza acompasadamente una especie de pavana, con reverencias que se despliegan en harapos y tropezones y vagas palabras mascelladas.

La moto ronronea a lo largo de la rue d'Alésia. Pierre siente los dedos de Michèle que aprietan un poco más su cintura cada vez que pasan pegados a un autobús o viran en una esquina. Cuando las luces rojas los detienen, echa atrás la cabeza y espera una caricia, un beso en el pelo.

—Ya no tengo miedo —dice Michèle—. Manejas muy bien. Ahora hay que tomar a la derecha.

El pabellón está perdido entre docenas de casas parecidas, en una colina más allá de Clamart. Para Pierre la palabra pabellón suena como un refugio, la seguridad de que todo será tranquilo y aislado, de que habrá un jardín con sillas de mimbre y quizá, por la noche, alguna luciérnaga.

—¿Hay luciérnagas en tu jardín?

—No creo —dice Michèle—. Qué ideas tan absurdas tienes.

Es difícil hablar en la moto, el tráfico obliga a concentrarse y Pierre está cansado, apenas si ha dormido unas horas por la mañana. Tendrá que acordarse de tomar los comprimidos que le ha dado Xavier, pero naturalmente no se acordará de tomarlos y además no los va a necesitar. Echa atrás la cabeza y gruñe porque Michèle tarda en besarlo, Michèle se ríe y le pasa una mano por el pelo. Luz verde. "Déjate de estupideces", ha dicho Xavier, evidentemente desconcertado. Por supuesto que pasará, dos comprimidos antes de dormir, un trago de agua. ¿Cómo dormirá Michèle?

—Michèle, ¿cómo duermes?

—Muy bien —dice Michèle—. A veces tengo pesadillas, como todo el mundo.

Claro, como todo el mundo, solamente que al despertarse sabe que el sueño ha quedado atrás, sin mezclarse con los ruidos de la calle, las caras de los amigos, eso que se infiltra en las ocupaciones más inocentes (pero Xavier ha dicho que con dos comprimidos todo irá bien), dormirá con la cara hundida en la almohada, las piernas un poco encogidas, respirando levemente, y así va a verla ahora, va a tenerla contra su cuerpo así dormida, oyéndola respirar, indefensa y desnuda cuando él le sujete el pelo con una mano, y luz amarilla, luz roja, stop.

Frena con tanta violencia que Michèle grita y después se queda muy quieta, como si tuviera vergüenza de su grito. Con un pie en el suelo, Pierre gira la cabeza, sonríe a algo que no es Michèle y se queda como perdido en el aire, siempre sonriendo. Sabe que la luz va a pasar al verde, detrás de la moto hay un camión y un auto, alguien hace sonar la bocina, dos, tres veces.

—¿Qué te pasa? —dice Michèle.

El del auto lo insulta al pasarlo, y Pierre arranca lentamente. Estábamos en que iba a verla tal como es, indefensa y desnuda. Dijimos eso, habíamos llegado exactamente al momento en que la veíamos dormir indefensa y desnuda, es decir que no hay ninguna razón para suponer ni siquiera por un momento que va a ser necesario... Sí, ya he oído, primero a la izquierda y después otra vez a la izquierda. ¿Allá, aquel techo de pizarra? Hay pinos, qué bonito, pero qué bonito es tu pabellón, un jardín con pinos y tus papás que se han ido a la granja, casi no se puede creer, Michèle, una cosa así casi no se puede creer.

Bobby, que los ha recibido con un gran aparato de ladridos, salva las apariencias olfateando minuciosamente los pantalones de Pierre, que empuja la motocicleta hasta el porche. Ya Michèle ha entrado en la casa, abre las persianas, vuelve a recibir a Pierre que mira las paredes y descubre que nada de eso se parece a lo que había imaginado.

—Aquí debería haber tres peldaños —dice Pierre–. Y este salón, pero claro... No me hagas caso, uno se figura siempre otra cosa. Hasta los muebles, cada detalle. ¿A ti te pasa lo mismo?

—A veces sí —dice Michèle—. Pierre, yo tengo hambre. No, Pierre, escucha, sé bueno y ayúdame; habrá que cocinar alguna cosa.

—Querida —dice Pierre.

—Abre esa ventana, que entre el sol. Quédate quieto, Bobby va a creer que...

—Michèle —dice Pierre.

—No, déjame que suba a cambiarme. Quítate el saco si quieres, en ese armario vas a encontrar bebidas, yo no entiendo de eso.

La ve correr, trepar por la escalera, perderse en el rellano. En el armario hay bebidas, ella no entiende de eso. El salón es profundo y oscuro, la mano de Pierre acaricia el nacimiento del pasamanos. Michèle se lo había dicho, pero es como un sordo desencanto, entonces no hay una bola de vidrio.

Michèle vuelve con unos pantalones viejos y una blusa inverosímil.

—Pareces un hongo —dice Pierre con la ternura de todo hombre hacia una mujer que se pone ropas demasiado grandes—. ¿No me muestras la casa?

—Si quieres —dice Michèle—. ¿No encontraste las bebidas? Espera, no sirves para nada.

Llevan los vasos al salón y se sientan en el sofá frente a la ventana entornada. Bobby les hace fiestas, se echa en la alfombra y los mira.

—Te ha aceptado en seguida —dice Michèle, lamiendo el borde del vaso—. ¿Te gusta mi casa?

—No —dice Pierre—. Es sombría, burguesa a morirse, llena de muebles abominables. Pero estás tú, con esos horribles pantalones.

Le acaricia la garganta, la atrae contra él, la besa en la boca. Se besan en la boca, en Pierre se dibuja el calor de la mano de Michèle, se besan en la boca, resbalan un poco, pero Michèle gime y busca desasirse, murmura algo que él no entiende. Piensa confusamente que lo más difícil es taparle la boca, no quiere que se desmaye. La suelta bruscamente, se mira las manos como si no fueran suyas, oyendo la respiración precipitada de Michèle, el sordo gruñido de Bobby en la alfombra.

—Me vas a volver loco —dice Pierre, y el ridículo de la frase es menos penoso que lo que acaba de pasar. Como una orden, un deseo incontenible, taparle la boca pero que no se desmaye. Estira la mano, acaricia desde lejos la mejilla de Michèle, está de acuerdo en todo, en comer algo improvisado, en que tendrá que elegir el vino, en que hace muchísimo calor al lado de la ventana.

Michèle come a su manera, mezclando el queso con las anchoas en aceite, la ensalada y los trozos de cangrejo. Pierre bebe vino blanco, la mira y le sonríe. Si se casara con ella bebería todos los días su vino blanco en esa mesa, y la miraría y sonreiría.

—Es curioso —dice Pierre—. Nunca hemos hablado de los años de guerra.

—Cuanto menos se hable... —dice Michèle, rebañando el plato.

—Ya sé, pero los recuerdos vuelven a veces. Para mí no fue tan malo, al fin y al cabo éramos niños entonces.

Como unas vacaciones interminables, un absurdo total y casi divertido.

—Para mí no hubo vacaciones —dice Michèle—. Llovía todo el tiempo.

—¿Llovía?

—Aquí —dice ella, tocándose la frente—. Delante de mis ojos, detrás de mis ojos. Todo estaba húmedo, todo parecía sudado y húmedo.

—¿Vivías en esta casa?

—Al principio, sí. Después, cuando la ocupación, me llevaron a casa de unos tíos en Enghien.

Pierre no ve que el fósforo arde entre sus dedos, abre la boca, sacude la mano y maldice. Michèle sonríe, contenta de poder hablar de otra cosa. Cuando se levanta para traer la fruta, Pierre enciende el cigarrillo y traga el humo como si se estuviera ahogando, pero ya ha pasado, todo tiene una explicación si se la busca, cuántas veces Michèle habrá mencionado a Enghien en las charlas de café, esas frases que parecen insignificantes y olvidables, hasta que después resultan el tema central de un sueño o un fantaseo. Un durazno, sí, pero pelado. Ah, lo lamenta mucho, pero las mujeres siempre le han pelado los duraznos y Michèle no tiene por qué ser una excepción.

—Las mujeres. Si te pelaban los duraznos eran unas tontas como yo. Harías mejor en moler el café.

—Entonces viviste en Enghien —dice Pierre, mirando las manos de Michèle con el leve asco que siempre le produce ver pelar una fruta—. ¿Qué hacía tu viejo durante la guerra?

—Oh, no hacía gran cosa. Vivíamos, esperando que todo terminara de una vez.

—¿Los alemanes no los molestaron nunca?

—No —dice Michèle, dando vueltas al durazno entre los dedos húmedos.

—Es la primera vez que me dices que vivieron en Enghien.

—No me gusta hablar de esos tiempos —dice Michèle.

—Pero alguna vez habrás hablado —dice contradictoriamente Pierre—. No sé cómo, pero yo estaba enterado de que viviste en Enghien.

El durazno cae en el plato y los pedazos de piel vuelven a pegarse a la pulpa. Michèle limpia el durazno con un cuchillo y Pierre siente otra vez asco, hace girar el molino de café con todas sus fuerzas. ¿Por qué no le dice nada? Parecería que sufre, aplicada a la limpieza del horrible durazno chorreante. ¿Por qué no habla? Está llena de palabras, no hay más que mirarle las manos, el parpadeo nervioso que a veces termina en una especie de tic, todo un lado de la cara se alza apenas y vuelve a su sitio, ya otra vez, en un banco del Luxemburgo, ha notado ese tic que siempre coincide con una desazón o un silencio.

Michèle prepara el café de espaldas a Pierre, que enciende un cigarrillo con otro. Vuelven al salón llevando las tazas de porcelana con pintas azules. El olor del café les hace bien, se miran como extrañados de esa tregua y de todo lo que la ha precedido; cambian palabras sueltas, mirándose y sonriendo, beben el café distraídos, como se beben los filtros que atan para siempre. Michèle ha entornado las persianas y del jardín entra una luz verdosa y caliente que los envuelve como el humo de los cigarrillos y el coñac que

Pierre saborea perdido en un blando abandono. Bobby duerme sobre la alfombra, estremeciéndose y suspirando.

—Sueña todo el tiempo —dice Michèle—. A veces llora y se despierta de golpe, nos mira a todos como si acabara de pasar por un inmenso dolor. Y es casi un cachorro...

La delicia de estar ahí, de sentirse tan bien en ese instante, de cerrar los ojos, de suspirar como Bobby, de pasarse la mano por el pelo, una, dos veces, sintiendo la mano que anda por el pelo casi como si no fuera suya, la leve cosquilla al llegar a la nuca, el reposo. Cuando abre los ojos ve la cara de Michèle, su boca entreabierta, la expresión como si de golpe se hubiera quedado sin una gota de sangre. La mira sin entender, un vaso de coñac rueda por la alfombra. Pierre está de pie frente al espejo; casi le hace gracia ver que tiene el pelo partido al medio, como los galanes del cine mudo. ¿Por qué tiene que llorar Michèle? No está llorando, pero una cara entre las manos es siempre alguien que llora. Se las aparta bruscamente, la besa en el cuello, busca su boca. Nacen las palabras, las suyas, las de ella, como bestezuelas buscándose, un encuentro que se demora en caricias, un olor a siesta, a casa sola, a escalera esperando con la bola de vidrio en el nacimiento del pasamanos. Pierre quisiera alzar en vilo a Michèle, subir a la carrera, tiene la llave en el bolsillo, entrará en el dormitorio, se tenderá contra ella, la sentirá estremecerse, empezará torpemente a buscar cintas, botones, pero no hay una bola de vidrio en el nacimiento del pasamanos, todo es lejano y horrible, Michèle ahí a su lado está tan lejos y llorando, su cara llorando entre los dedos mojados, su cuerpo que respira y tiene miedo y lo rechaza.

Arrodillándose, apoya la cabeza en el regazo de Michèle. Pasan horas, pasa un minuto o dos, el tiempo es algo lleno de látigos y baba. Los dedos de Michèle acarician el pelo de Pierre y él le ve otra vez la cara, un asomo de sonrisa, Michèle lo peina con los dedos, lo lastima casi a fuerza de echarle el pelo hacia atrás, y entonces se inclina y lo besa y le sonríe.

—Me diste miedo, por un momento me pareció... Qué tonta soy, pero estabas tan distinto.

—¿A quién viste?

—A nadie —dice Michèle.

Pierre se agazapa esperando, ahora hay algo como una puerta que oscila y va a abrirse. Michèle respira pesadamente, tiene algo de nadador a la espera del pistoletazo de salida.

—Me asusté, porque... No sé, me hiciste pensar en que...

Oscila, la puerta oscila, la nadadora espera el disparo para zambullirse. El tiempo se estira como un pedazo de goma, entonces Pierre tiende los brazos y apresa a Michèle, se alza hasta ella y la besa profundamente, busca sus senos bajo la blusa, la oye gemir y también gime besándola, ven, ven ahora, tratando de alzarla en vilo (hay quince peldaños y una puerta a la derecha), oyendo la queja de Michèle, su protesta inútil, se endereza teniéndola en los brazos, incapaz de esperar más, ahora, en este mismo momento, de nada valdrá que quiera aferrarse a la bola de vidrio, al pasamanos (pero

Julio Cortázar

no hay ninguna bola de vidrio en el pasamanos), lo mismo ha de llevarla arriba y entonces como a una perra, todo él es un nudo de músculos, como la perra que es, para que aprenda, oh Michèle, oh mi amor, no llores así, no estés triste, amor mío, no me dejes caer de nuevo en ese pozo negro, cómo he podido pensar eso, no llores, Michèle.

—Déjame —dice Michèle en voz baja, luchando por soltarse. Acaba de rechazarlo, lo mira un instante como si no fuera él y corre fuera del salón, cierra la puerta de la cocina, se oye girar una llave, Bobby ladra en el jardín.

El espejo le muestra a Pierre una cara lisa, inexpresiva, unos brazos que cuelgan como trapos, un faldón de la camisa por fuera del pantalón. Mecánicamente se arregla las ropas, siempre mirándose en su reflejo. Tiene tan apretada la garganta que el coñac le quema la boca, negándose a pasar, hasta que se obliga y sigue bebiendo de la botella, un trago interminable. Bobby ha dejado de ladrar, hay un silencio de siesta, la luz en el pabellón es cada vez más verdosa. Con un cigarrillo entre los labios resecos sale al porche, baja al jardín, pasa al lado de la moto y va hacia los fondos. Huele a zumbido de abejas, a colchón de agujas de pino, y ahora Bobby se ha puesto a ladrar entre los árboles, le ladra a él, de repente se ha puesto a gruñir y a ladrar sin acercarse a él, cada vez más cerca y a él.

La pedrada lo alcanza en mitad del lomo; Bobby aúlla y escapa, desde lejos vuelve a ladrar. Pierre apunta despacio y le acierta en una pata trasera.

Bobby se esconde entre los matorrales. "Tengo que encontrar un sitio donde pensar", se dice Pierre. "Ahora mismo tengo que encontrar un sitio y esconderme a pensar". Su espalda resbala en el tronco de un pino, se deja caer poco a poco. Michèle lo está mirando desde la ventana de la cocina. Habrá visto cuando apedreaba al perro, me mira como si no me viera, me está mirando y no llora, no dice nada, está tan sola en la ventana, tengo que acercarme y ser bueno con ella, yo quiero ser bueno, quiero tomarle la mano y besarle los dedos, cada dedo, su piel tan suave.

—¿A qué estamos jugando, Michèle?

—Espero que no lo hayas lastimado.

—Le tiré una piedra para asustarlo. Parece que me desconoció, igual que tú.

—No digas tonterías.

—Y tú no cierres las puertas con llave.

Michèle lo deja entrar, acepta sin resistencia el brazo que rodea su cintura. El salón está más oscuro, casi no se ve el nacimiento de la escalera.

—Perdóname —dice Pierre—. No puedo explicarte, es tan insensato.

Michèle levanta el vaso caído y tapa la botella de coñac. Hace cada vez más calor, es como si la casa respirara pesadamente por sus bocas. Un pañuelo que huele a musgo limpia el sudor de la frente de Pierre. Oh Michèle, cómo seguir así, sin hablarnos, sin querer entender esto que nos está haciendo pedazos en el momento mismo en que... Sí, querida, me sentaré a tu lado y no seré tonto, te besaré, me perderé en tu pelo, en tu garganta, y comprenderás que no hay razón... sí, comprenderás que cuando quiero tomarte en brazos y llevarte conmigo, subir a tu habitación sin hacerte daño, apoyando tu cabeza en mi hombro...

—No, Pierre, no. Hoy no, querido, por favor.

—Michèle, Michèle...

—Por favor.

—¿Por qué? Dime por qué.

—No sé, perdóname... No te reproches nada, toda la culpa es mía. Pero tenemos tiempo, tanto tiempo...

—No esperemos más, Michèle. Ahora.

—No, Pierre, hoy no.

—Pero me prometiste —dice estúpidamente Pierre—. Vinimos... Después de tanto tiempo, de tanto esperar que me quisieras un poco... No sé lo que digo, todo se ensucia cuando lo digo...

—Si pudieras perdonarme, si yo...

—¿Cómo te puedo perdonar si no hablas, si apenas te conozco? ¿Qué te tengo que perdonar?

Bobby gruñe en el porche. El calor les pega las ropas, les pega el tictac del reloj, el pelo en la frente de Michèle hundida en el sofá mirando a Pierre.

—Yo tampoco te conozco tanto, pero no es eso... Vas a creer que estoy loca.

Bobby gruñe de nuevo.

—Hace años... —dice Michèle, y cierra los ojos—. Vivíamos en Enghien, ya te hablé de eso. Creo que te dije que vivíamos en Enghien. No me mires así.

—No te miro —dice Pierre.

—Sí, me haces daño.

Pero no es cierto, no puede ser que le haga daño por esperar sus palabras, inmóvil esperando que siga, viendo moverse apenas sus labios, y ahora va a ocurrir, va a juntar las manos y suplicar, una flor de delicia que se abre mientras ella implora, debatiéndose y llorando entre sus brazos, una flor húmeda que se abre, el placer de sentirla debatirse en vano... Bobby entra arrastrándose, va a tenderse en un rincón. «No me mires así», ha dicho Michèle, y Pierre ha respondido: «No te miro», y entonces ella ha dicho que sí, que le hace daño sentirse mirada de ese modo, pero no puede seguir hablando porque ahora Pierre se endereza mirando a Bobby, mirándose en el espejo, se pasa una mano por la cara, respira con un quejido largo, un silbido que no se acaba, y de pronto cae de rodillas contra el sofá y entierra la cara entre los dedos, convulso y jadeante, luchando por arrancarse las imágenes como una tela de araña que se pega en pleno rostro, como hojas secas que se pegan en la cara empapada.

—Oh, Pierre —dice Michèle con un hilo de voz.

El llanto pasa entre los dedos que no pueden retenerlo, llena el aire de una materia torpe, obstinadamente renace y se continúa.

—Pierre, Pierre —dice Michèle—. Por qué, querido, por qué.

Lentamente le acaricia el pelo, le alcanza el pañuelo con su olor a musgo.

—Soy un pobre imbécil, perdóname. Me es... me estabas di...

Se incorpora, se deja caer en el otro extremo del sofá. No advierte que Michèle se ha replegado bruscamente, que otra vez lo mira como antes de escapar. Repite: "Me es... me estabas diciendo", con un esfuerzo, tiene la garganta cerrada, y qué es eso, Bobby gruñe otra vez, Michèle de pie, retrocediendo paso a paso sin volverse, mirándolo y retrocediendo, qué es eso, por qué ahora eso, por qué se va, por qué. El golpe de la puerta lo deja indiferente. Sonríe, ve su sonrisa en el espejo, sonríe otra vez, *als alle Knospen sprangen*, tararea con los labios apretados, hay un silencio, el clic del teléfono que alguien descuelga, el zumbido del dial, una letra, otra letra, la primera cifra, la segunda. Pierre se tambalea, vagamente se dice que debería ir a explicarse con Michèle, pero ya está afuera al lado de la moto. Bobby gruñe en el porche, la casa devuelve con violencia el ruido del arranque, primera, calle arriba, segunda, bajo el sol.

—Era la misma voz, Babette. Y entonces me di cuenta de que...

—Tonterías —contesta Babette—. Si estuviera allá creo que te daría una paliza.

—Pierre se ha ido —dice Michèle.

—Casi es lo mejor que podía hacer.

—Babette, si pudieras venir.

—¿Para qué? Claro que iré, pero es idiota.

—Tartamudeaba, Babette, te juro... No es una alucinación, ya te dije que antes... Fue como si otra vez... Ven pronto, así por teléfono no puedo explicarte... Y ahora acabo de oír la moto, se ha ido y me da una pena tan horrible, cómo puede comprender lo que me pasa, pobrecito, pero él también está como loco, Babette, es tan extraño.

—Te imaginaba curada de todo aquello —dice Babette con una voz demasiado desapegada—. En fin, Pierre no es tonto y comprenderá. Yo creía que estaba enterado desde hace rato.

—Iba a decírselo, quería decírselo y entonces... Babette, te juro que me habló tartamudeando, y antes, antes...

—Ya me dijiste, pero estás exagerando. Roland también se peina a veces como le da la gana y no por eso lo confundes, qué demonios.

—Y ahora se ha ido —repite monótonamente Michèle.

—Ya volverá —dice Babette—. Bueno, prepara algo sabroso para Roland que está çada día más hambriento.

—Me estás difamando —dice Roland desde la puerta—. ¿Qué le pasa a Michèle?

—Vamos —dice Babette—. Vamos en seguida.

El mundo se maneja con un cilindro de caucho que cabe en la mano; girando apenas a la derecha, todos los árboles son un solo árbol tendido a la vera del camino; entonces se hace girar una nada a la izquierda, el gigante verde se deshace en cientos de álamos que corren hacia atrás, las torres de alta tensión avanzan pausadamente, una a una, la marcha es una cadencia feliz en la que ya pueden entrar palabras, jirones de imágenes que no son las de la ruta, el cilindro de caucho gira a la derecha, el sonido sube y sube, una cuerda de sonido se tiende insoportablemente, pero ya no se piensa más, todo es máquina, cuerpo pegado a la máquina y viento en la cara como un olvido, Corbeil, Arpajon,

Linas-Montlhéry, otra vez los álamos, la garita del agente de tránsito, la luz cada vez más violeta, un aire fresco que llena la boca entreabierta, más despacio, más despacio, en esa encrucijada tomar a la derecha, París a dieciocho kilómetros, *Cinzano*, París a diecisiete kilómetros. "No me he matado", piensa Pierre entrando lentamente en el camino de la izquierda. "Es increíble que no me haya matado". El cansancio pesa como un pasajero a sus espaldas, algo cada vez más dulce y necesario. "Yo creo que me perdonará", piensa Pierre. "Los dos somos tan absurdos, es necesario que comprenda, que comprenda, que comprenda, nada se sabe de verdad hasta no haberse amado, quiero su pelo entre mis manos, su cuerpo, la quiero, la quiero..." El bosque nace al lado del camino, las hojas secas invaden la carretera, traídas por el viento. Pierre mira las hojas que la moto va tragando y agitando; el cilindro de caucho empieza a girar otra vez a la derecha, más y más. Y de pronto es la bola de vidrio que brilla débilmente en el nacimiento del pasamanos. No hay ninguna necesidad de dejar la moto lejos del pabellón, pero Bobby va a ladrar y por eso uno esconde la moto entre los árboles y llega a pie con las últimas luces, entra en el salón buscando a Michèle que estará ahí, pero Michèle no está sentada en el sofá, hay solamente la botella de coñac y los vasos usados, la puerta que lleva a la cocina ha quedado abierta y por ahí entra una luz rojiza, el sol que se pone en el fondo del jardín, y solamente silencio, de modo que lo mejor es ir hacia la escalera orientándose por la bola de vidrio que brilla, o son los ojos de Bobby tendido en el primer peldaño con el pelo erizado, gruñendo apenas, no es difícil pasar por encima de Bobby, subir lentamente los peldaños para que no crujan y Michèle no se asuste, la puerta entornada, no puede ser que la puerta esté entornada y que él no tenga la llave en el bolsillo, pero si la puerta está entornada ya no hay necesidad de llave, es un placer pasarse las manos por el pelo mientras se avanza hacia la puerta, se entra apoyando ligeramente el pie derecho, empujando apenas la puerta que se abre sin ruido, y Michèle sentada al borde de la cama levanta los ojos y lo mira, se lleva las manos a la boca, parecería que va a gritar (pero por qué no tiene el pelo suelto, por qué no tiene puesto el camisón celeste, ahora está vestida con unos pantalones y parece mayor), y entonces Michèle sonríe, suspira, se endereza tendiéndole los brazos, dice: "Pierre, Pierre", en vez de juntar las manos y suplicar y resistirse dice su nombre y lo está esperando, lo mira y tiembla como de felicidad o de vergüenza, como la perra delatora que es, como si la estuviera viendo a pesar del colchón de hojas secas que otra vez le cubren la cara y que se arranca con las dos manos mientras Michèle retrocede, tropieza con el borde de la cama, mira desesperadamente hacia atrás, grita, grita, todo el placer que sube y lo baña, grita, así, el pelo entre los dedos, así, aunque suplique, así entonces, perra, así.

—Por Dios, pero si es un asunto más que olvidado —dice Roland, tomando un viraje a toda máquina.

—Eso creía yo. Casi siete años. Y de golpe salta, justamente ahora...

—En eso te equivocas —dice Roland—. Si alguna vez tenía que saltar es ahora, dentro de lo absurdo resulta bastante lógico. Yo mismo... A veces sueño con todo eso, sabes. La forma en que matamos al tipo no es de las que se olvidan. En fin, uno no podía hacer las cosas mejor en esos tiempos —dice Roland, acelerando a fondo.

—Ella no sabe nada —dice Babette—. Solamente que lo mataron poco después. Era justo decirle por lo menos eso.

—Por supuesto. Pero a él no le pareció nada justo. Me acuerdo de su cara cuando lo sacamos del auto en pleno bosque, se dio cuenta inmediatamente de que estaba liquidado. Era valiente, eso sí.

—Ser valiente es siempre más fácil que ser hombre —dice Babette—. Abusar de una criatura que... Cuando pienso en lo que tuve que luchar para que Michèle no se matara. Esas primeras noches... No me extraña que ahora vuelva a sentirse la de antes, es casi natural.

El auto entra a toda velocidad en la calle que lleva al pabellón.

—Sí, era un cochino —dice Roland—. El ario puro, como lo entendían ellos en ese tiempo. Pidió un cigarrillo, naturalmente, la ceremonia completa. También quiso saber por qué íbamos a liquidarlo, y se lo explicamos, vaya si se lo explicamos. Cuando sueño con él es sobre todo en ese momento, su aire de sorpresa desdeñosa, su manera casi elegante de tartamudear. Me acuerdo de cómo cayó, con la cara hecha pedazos entre las hojas secas.

—No sigas, por favor —dice Babette.

—Se lo merecía, aparte de que no teníamos otras armas. Un cartucho de caza bien usado... ¿Es a la izquierda, allá en el fondo?

—Sí, a la izquierda.

—Espero que haya coñac —dice Roland, empezando a frenar.

En *Las armas secretas* (1959)

Instrucciones para llorar

Dejando de lado los motivos, atengámonos a la manera correcta de llorar, entendiendo por esto un llanto que no ingrese en el escándalo, ni que insulte a la sonrisa con su paralela y torpe semejanza. El llanto medio u ordinario consiste en una contracción general del rostro y un sonido espasmódico acompañado de lágrimas y mocos, estos últimos al final, pues el llanto se acaba en el momento en que uno se suena enérgicamente.

Para llorar, dirija la imaginación hacia usted mismo, y si esto le resulta imposible por haber contraído el hábito de creer en el mundo exterior, piense en un pato cubierto de hormigas o en esos golfos del estrecho de Magallanes *en los que no entra nadie, nunca.*

Llegado el llanto, se tapará con decoro el rostro usando ambas manos con la palma hacia dentro. Los niños llorarán con la manga del saco contra la cara, y de preferencia en un rincón del cuarto. Duración media del llanto, tres minutos.

En *Historias de Cronopios y de Famas* (1962)

Instrucciones para dar cuerda al reloj

Allá en el fondo está la muerte, pero no tenga miedo. Sujete el reloj con una mano, tome con dos dedos la llave de la cuerda, remóntela suavemente. Ahora se abre otro plazo, los árboles despliegan sus hojas, las barcas corren regatas, el tiempo como un abanico se va llenando de sí mismo y de él brotan el aire, las brisas de la tierra, la sombra de una mujer, el perfume del pan.

¿Qué más quiere, qué más quiere? Átelo pronto a su muñeca, déjelo latir en libertad, imítelo anhelante. El miedo herrumbra las áncoras, cada cosa que pudo alcanzarse y fue olvidada va corroyendo las venas del reloj, gangrenando la fría sangre de sus pequeños rubíes. Y allá en el fondo está la muerte si no corremos y llegamos antes y comprendemos que ya no importa.

En *Historias de Cronopios y de Famas* (1962)

Simulacros

S omos una familia rara. En este país donde las cosas se hacen por obligación o fanfarronería, nos gustan las ocupaciones libres, las tareas porque sí, los simulacros que no sirven para nada.

Tenemos un defecto: nos falta originalidad. Casi todo lo que decidimos hacer está inspirado —digamos francamente, copiado— de modelos célebres. Si alguna novedad aportamos es siempre inevitable: los anacronismos o las sorpresas, los escándalos. Mi tío el mayor dice que somos como las copias en papel carbónico, idénticas al original salvo que otro color, otro papel, otra finalidad. Mi hermana la tercera se compara con el ruiseñor mecánico de Andersen; su romanticismo llega a la náusea.

Somos muchos y vivimos en la calle Humboldt.

Hacemos cosas, pero contarlo es difícil porque falta lo más importante, la ansiedad y la expectativa de estar haciendo las cosas, las sorpresas tanto más importantes que los resultados, los fracasos en que toda la familia cae al suelo como un castillo de naipes y durante días enteros no se oyen más que deploraciones y carcajadas. Contar lo que hacemos es apenas una manera de rellenar los huecos inevitables, porque a veces estamos pobres o presos o enfermos, a veces se muere alguno o (me duele mencionarlo) alguno traiciona, renuncia, o entra en la Dirección Impositiva. Pero no hay que deducir de esto que nos va mal o que somos melancólicos. Vivimos en el barrio de Pacífico, y hacemos cosas cada vez que podemos. Somos muchos que tienen ideas y ganas de llevarlas a la práctica. Por ejemplo, el patíbulo, hasta hoy nadie se ha puesto de acuerdo sobre el origen de la idea, mi hermana la quinta afirma que fue de uno de mis primos carnales, que son muy filósofos, pero mi tío el mayor sostiene que se le ocurrió a él después de leer una novela de capa y espada. En el fondo nos importa poco, lo único que vale es hacer cosas, y por eso las cuento casi sin ganas, nada más que para no sentir tan de cerca la lluvia de esta tarde vacía.

La casa tiene jardín delantero, cosa rara en la calle Humboldt. No es más grande que un patio, pero está tres escalones más alto que la vereda, lo que le da un vistoso aspecto de plataforma, emplazamiento ideal para un patíbulo. Como la verja es de mampostería y de fierro, se puede trabajar sin que los transeúntes estén por así decirlo metidos en casa; pueden apostarse en la verja y quedarse horas, pero eso no nos molesta. "Empezaremos con la luna llena", mandó mi padre. De día íbamos a buscar maderas y fierros a los corralones de la avenida Juan B. Justo, pero mis hermanas se quedaban en la sala practicando el aullido de los lobos, después que mi tía la menor sostuvo que los patíbulos atraen a los lobos y los incitan a aullar a la luna. Por cuenta de mis primos corría la provisión de clavos y herramientas; mi tío el mayor dibujaba los planos, discutía con mi madre y mi tío segundo la variedad y calidad de los instrumentos de suplicio. Recuerdo el final de la discusión: se decidieron adustamente por una plataforma bastante alta, sobre la cual se alzarían una horca y una rueda, con un espacio libre destinado a dar tormento o decapitar según los casos. A mi tío el mayor le parecía mucho más pobre y mezquino que su idea original, pero las dimensiones del jardín delantero y el costo de los materiales restringen siempre las ambiciones de la familia.

Empezamos la construcción un domingo por la tarde, después de los ravioles. Aunque nunca nos ha preocupado lo que puedan pensar los vecinos, era evidente que los pocos mirones suponían que íbamos a levantar una o dos piezas para agrandar la casa. El primero en sorprenderse fue don Cresta, el viejito de enfrente, y vino a preguntar para qué instalábamos semejante plataforma. Mis hermanas se reunieron en un rincón del jardín y soltaron algunos aullidos de lobo. Se amontonó bastante gente, pero nosotros seguimos trabajando hasta la noche y dejamos terminada la plataforma y las dos escalerillas (para el sacerdote y el condenado, que no deben subir juntos). El lunes una parte de la familia se fue a sus respectivos empleos y ocupaciones, ya que de algo hay que morir, y los demás empezamos a levantar la horca mientras mi tío el mayor consultaba dibujos antiguos para la rueda. Su idea consistía en colocar la rueda lo más alto posible sobre una pértiga ligeramente irregular, por ejemplo un tronco de álamo bien desbastado. Para complacerlo, mi hermano el segundo y mis primos carnales se fueron con la camioneta a buscar un álamo; entretanto mi tío el mayor y mi madre encajaban los rayos de la rueda en el cubo, y yo preparaba un suncho de fierro. En esos momentos nos divertíamos enormemente porque se oía martillear en todas partes, mis hermanas aullaban en la sala, los vecinos se amontonaban en la verja cambiando impresiones, y entre el solferino y el malva del atardecer ascendía el perfil de la horca y se veía a mi tío el menor a caballo en el travesaño para fijar el gancho y preparar el nudo corredizo.

A esa altura de las cosas la gente de la calle no podía dejar de darse cuenta de lo que estábamos haciendo, y un coro de protestas y amenazas nos alentó agradablemente a rematar la jornada con la erección de la rueda. Algunos desaforados habían pretendido impedir que mi hermano el segundo y mis primos entraran en casa el magnífico tronco de álamo que traían en la camioneta. Un conato de cinchada fue ganado de punta a punta por la familia en pleno que, tirando disciplinadamente del tronco, lo metió en el jardín junto con una criatura de corta edad prendida de las raíces. Mi padre en persona devolvió la criatura a sus exasperados padres, pasándola cortésmente por la verja, y mientras la atención se concentraba en estas alternativas sentimentales, mi tío el mayor, ayudado por mis primos carnales, calzaba la rueda en un extremo del tronco y procedía a erigirla. La policía llegó en momentos en que la familia, reunida en la plataforma, comentaba favorablemente el buen aspecto del patíbulo. Sólo mi hermana la tercera permanecía cerca de la puerta, y le tocó dialogar con el subcomisario en persona; no le fue difícil convencerlo de que trabajábamos dentro de nuestra propiedad, en una obra que sólo el uso podía revestir de un carácter anticonstitucional, y que las murmuraciones del vecindario eran hijas del odio y fruto de la envidia. La caída de la noche nos salvó de otras pérdidas de tiempo.

A la luz de una lámpara de carburo cenamos en la plataforma, espiados por un centenar de vecinos rencorosos; jamás el lechón adobado nos pareció más exquisito, y más negro y dulce el nebiolo. Una brisa del norte balanceaba suavemente la cuerda de la horca; una o dos veces chirrió la rueda, como si ya los cuervos se hubieran posado para comer. Los mirones empezaron a irse, mascullando vagas amenazas; aferrados a la verja quedaron veinte o treinta que parecían esperar alguna cosa. Después del café apagamos la lámpara para dar paso a la luna que subía por los balaústres de la terraza, mis hermanas aullaron y mis primos y tíos recorrieron lentamente la plataforma, haciendo temblar los fundamentos con sus pasos. En el silencio que siguió, la luna vino a ponerse a la altura del nudo corredizo, y en la rueda pareció tenderse una nube de bordes plateados. Las mirábamos, tan felices que era un gusto, pero los vecinos murmuraban en la verja, como al borde de una decepción. Encendieron cigarrillos y se fueron yendo, unos en piyama y otros más despacio. Quedó la calle, una pitada de vigilante a lo lejos, y el colectivo 108 que pasaba cada tanto; nosotros ya nos habíamos ido a dormir y soñábamos con fiestas, elefantes y vestidos de seda.

En *Historias de Cronopios y de Famas* (1962)

Conducta en los velorios

No vamos por el anís, ni porque hay que ir. Ya se habrá sospechado: vamos porque no podemos soportar las formas más solapadas de la hipocresía. Mi prima segunda la mayor se encarga de cerciorarse de la índole del duelo, y si es de verdad, si se llora porque llorar es lo único que les queda a esos hombres y a esas mujeres entre el olor a nardos y a café, entonces nos quedamos en casa y los acompañamos desde lejos. A lo sumo mi madre va un rato y saluda en nombre de la familia; no nos gusta interponer insolentemente nuestra vida ajena a ese diálogo con la sombra. Pero si de la pausada investigación de mi prima surge la sospecha de que en un patio cubierto o en la sala se han armado los trípodes del camelo, entonces la familia se pone sus mejores trajes, espera a que el velorio esté a punto, y se va presentando de a poco pero implacablemente.

En Pacífico las cosas ocurren casi siempre en un patio con macetas y música de radio. Para estas ocasiones los vecinos condescienden a apagar las radios, y quedan solamente los jazmines y los parientes, alternándose contra las paredes. Llegamos de a uno o de a dos, saludamos a los deudos, a quienes se reconoce fácilmente porque lloran apenas ven entrar a alguien, y vamos a inclinarnos ante el difunto, escoltados por algún pariente cercano. Una o dos horas después toda la familia está en la casa mortuoria, pero aunque los vecinos nos conocen bien, procedemos como si cada uno hubiera venido por su cuenta y apenas hablamos entre nosotros. Un método preciso ordena nuestros actos, escoge los interlocutores con quienes se departe en la cocina, bajo el naranjo, en los dormitorios, en el zaguán, y de cuando en cuando se sale a fumar al patio o a la calle, o se da una vuelta a la manzana para ventilar opiniones políticas y deportivas. No nos lleva demasiado tiempo sondear los sentimientos de los deudos más inmediatos, los vasitos de caña, el mate dulce y los Particulares livianos son el puente confidencial; antes de medianoche estamos seguros, podemos actuar sin remordimientos. Por lo común mi hermana la menor se encarga de la primera escaramuza; diestramente ubicada a los pies del ataúd, se tapa los ojos con un pañuelo violeta y empieza a llorar, primero en silencio, empapando el pañuelo a un punto increíble, después con hipos y jadeos, y finalmente le acomete un ataque terrible de llanto que obliga a las vecinas a llevarla a la cama preparada para esas emergencias, darle a oler agua de azahar y consolarla, mientras otras vecinas se ocupan de los parientes cercanos bruscamente contagiados por la crisis. Durante un rato hay un amontonamiento de gente en la puerta de la capilla ardiente, preguntas y noticias en voz baja, encogimientos de hombros por parte de los vecinos. Agotados por un esfuerzo en que han debido emplearse a fondo, los deudos amenguan en sus manifestaciones, y en ese mismo momento mis tres primas segundas se largan a llorar sin afectación, sin gritos, pero tan conmovedoramente que los parientes y vecinos sienten la emulación, comprenden que no es posible quedarse así descansando mientras extraños de la otra cuadra se afligen de tal manera, y otra vez se suman a la deploración general, otra vez hay que hacer sitio en las camas, apantallar a señoras ancianas, aflojar el cinturón a viejitos convulsionados. Mis hermanos y yo esperamos por lo regular este momento para entrar en la sala mortuoria y ubicarnos junto al ataúd. Por extraño que parezca estamos realmente afligidos, jamás podemos oír llorar a nuestras hermanas sin que una congoja infinita nos llene el pecho y nos recuerde cosas de la infancia, unos campos cerca de Villa Albertina, un tranvía que chirriaba al tomar la curva en la calle General Rodríguez, en Bánfield, cosas así, siempre tan tristes. Nos basta ver las manos cruzadas del difunto para que el llanto nos arrase de golpe, nos obligue a taparnos la cara avergonzados, y somos cinco hombres que lloran de verdad en el velorio, mientras los deudos juntan desesperadamente el aliento para igualarnos, sintiendo que cueste lo que cueste deben demostrar que el velorio es el de ellos, que solamente ellos tienen derecho a llorar así en esa casa. Pero son pocos, y mienten (eso lo sabemos por mi prima segunda la mayor, y nos da fuerzas). En vano acumulan los hipos y los desmayos, inútilmente los vecinos más solidarios los apoyan con sus consuelos y sus reflexiones, llevándolos y trayéndolos para que descansen y se reincorporen a la lucha. Mis padres y mi tío el mayor nos reemplazan ahora, hay algo que impone respeto en el dolor de estos ancianos que han venido desde la calle Humboldt, cinco cuadras contando desde la esquina, para velar al finado. Los vecinos más coherentes empiezan a perder pie, dejan caer a los deudos, se van a la cocina a beber grapa y a comentar; algunos parientes, extenuados por una hora y media de llanto sostenido, duermen estertorosamente. Nosotros nos relevamos en orden, aunque sin dar la impresión de nada preparado; antes de las seis de la mañana somos los dueños indiscutidos del velorio, la mayoría de los vecinos se han ido a dormir a sus casas, los parientes yacen en diferentes posturas y grados de abotagamiento, el alba nace en el patio. A esa hora mis tías organizan enérgicos refrigerios en la cocina, bebemos café hirviendo, nos miramos brillantemente al cruzarnos en el zaguán o los dormitorios; tenemos algo de hormigas yendo y viniendo, frotándose las antenas al pasar. Cuando llega el coche fúnebre las disposiciones están tomadas, mis hermanas llevan a los parientes a despedirse del finado antes del cierre del ataúd, los sostienen y confortan mientras mis primas y mis hermanos se van adelantando hasta desalojarlos, abreviar el último adiós y quedarse solos junto al muerto. Rendidos, extraviados, comprendiendo vagamente pero incapaces de reaccionar, los deudos se dejan llevar y traer, beben cualquier cosa que se les acerca a los labios y responden con vagas protestas inconsistentes a las cariñosas solicitudes de mis primas y mis hermanas. Cuando es hora de partir y la casa está llena de parientes y amigos, una organización invisible pero sin brechas decide cada movimiento, el director de la funeraria acata las órdenes de mi padre, la remoción del ataúd se hace de acuerdo con las indicaciones de mi tío el mayor. Alguna que otra vez los parientes llegados a último momento adelantan una reivindicación destemplada; los vecinos, convencidos ya de que todo es como debe ser, los miran escandalizados y los obligan a callarse. En el coche de duelo se instalan mis padres y mis tíos, mis hermanos suben al segundo y mis primas condescienden a aceptar a alguno de los deudos en el tercero, donde se ubican envueltas en grandes pañoletas negras y moradas. El resto sube donde puede, y hay parientes que se ven precisados a llamar un taxi. Y si algunos, refrescados por el aire matinal y el largo trayecto, traman una reconquista en la necrópolis, amargo es su desengaño. Apenas llega el cajón al peristilo, mis hermanos rodean al orador designado por la familia o los amigos del difunto, y fácilmente reconocible por su cara de circunstancias y el rollito que le abulta el bolsillo del saco. Estrechándole las manos, le empapan las solapas con sus lágrimas, lo palmean con un blando sonido de tapioca y el orador no puede impedir que mi tío el menor suba a la tribuna y abra los discursos con una oración que es siempre un modelo de verdad y discreción. Dura tres minutos, se refiere exclusivamente al difunto, acota sus virtudes y da cuenta de sus defectos, sin quitar humanidad a nada de lo que dice; está profundamente emocionado, y a veces le cuesta terminar. Apenas ha bajado, mi hermano el mayor ocupa la tribuna y se encarga del panegírico en nombre del vecindario, mientras el vecino designado a tal efecto trata de abrirse paso entre mis primas y hermanas, que lloran colgadas de su chaleco. Un gesto afable pero imperioso de mi padre moviliza al personal de la funeraria; dulcemente empieza a rodar el catafalco, y los oradores oficiales se quedan al pie de la tribuna, mirándose y estrujando los discursos en sus manos húmedas. Por lo regular no nos molestamos en acompañar al difunto hasta la bóveda o sepultura, sino que damos media vuelta y salimos todos juntos, comentando las incidencias del velorio. Desde lejos vemos cómo los parientes corren desesperadamente para agarrar alguno de los cordones del ataúd y se pelean con los vecinos que entretanto se han posesionado de los cordones y prefieren llevarlos ellos a que los lleven los parientes.

En *Historias de Cronopios y de Famas* (1962)

Acefalía

A un señor le cortaron la cabeza, pero como después estalló una huelga y no pudieron enterrarlo, este señor tuvo que seguir viviendo sin cabeza y arreglárselas bien o mal.

En seguida notó que cuatro de los cinco sentidos se le habían ido con la cabeza. Dotado solamente de tacto, pero lleno de buena voluntad, el señor se sentó en un banco de la plaza Lavalle y tocaba las hojas de los árboles una por una, tratando de distinguirlas y nombrarlas. Así, al cabo de varios días pudo tener la certeza de que había juntado sobre sus rodillas una hoja de eucalipto, una de plátano, una de magnolia foscata y una piedrita verde.

Cuando el señor advirtió que esto último era una piedra verde, pasó un par de días muy perplejo. Piedra era correcto y posible, pero no verde. Para probar imaginó que la piedra era roja, y en el mismo momento sintió como una profunda repulsión, un rechazo de esa mentira flagrante, de una piedra roja absolutamente falsa ya que la piedra era por completo verde y en forma de disco, muy dulce al tacto.

Cuando se dio cuenta de que además la piedra era dulce, el señor pasó cierto tiempo atacado de gran sorpresa. Después optó por la alegría, lo que siempre es preferible, pues se veía que, a semejanza de ciertos insectos que regeneran sus partes cortadas, era capaz de sentir diversamente. Estimulado por el hecho abandonó el banco de la plaza y bajó por la calle Libertad hasta la Avenida de Mayo, donde como es sabido proliferan las frituras originadas en los restaurantes españoles. Enterado de este detalle que le restituía un nuevo sentido, el señor se encaminó vagamente hacia el este o hacia el oeste, pues de eso no estaba seguro, y anduvo infatigable, esperando de un momento a otro oír alguna cosa, ya que el oído era lo único que le faltaba. En efecto, veía un cielo pálido como de amanecer, tocaba sus propias manos con dedos húmedos y uñas que se hincaban en la piel, olía como a sudor, y en la boca tenía gusto a metal y a coñac. Sólo le faltaba oír y justamente entonces oyó, y fue como un recuerdo, porque lo que oía era otra vez las palabras del capellán de la cárcel, palabras de consuelo y esperanza muy hermosas en sí, lástima que con cierto aire de usadas, de dichas muchas veces, de gastadas a fuerza de sonar y sonar.

Julio Cortázar

En *Historias de Cronopios y de Famas* (1962)

Cuento sin moraleja

U n hombre vendía gritos y palabras, y le iba bien aunque encontraba mucha gente que discutía los precios y solicitaba descuentos. El hombre accedía casi siempre, y así pudo vender muchos gritos de vendedores callejeros, algunos suspiros que le compraban señoras rentistas, y palabras para consignas, eslóganes, membretes y falsas ocurrencias.

Por fin el hombre supo que había llegado la hora y pidió audiencia al tiranuelo del país, que se parecía a todos sus colegas y lo recibió rodeado de generales, secretarios y tazas de café.

—Vengo a venderle sus últimas palabras —dijo el hombre—. Son muy importantes porque a usted nunca le van a salir bien en el momento, y en cambio le conviene decirlas en el duro trance para configurar fácilmente un destino histórico retrospectivo.

—Traducí lo que dice —mandó el tiranuelo a su intérprete.

—Habla en argentino, Excelencia.

—¿En argentino? ¿Y por qué no entiendo nada?

—Usted ha entendido muy bien —dijo el hombre—. Repito que vengo a venderle sus últimas palabras.

El tiranuelo se puso de pie como es de práctica en

estas circunstancias, y reprimiendo un temblor mandó que arrestaran al hombre y lo metieran en los calabozos especiales que siempre existen en esos ambientes gubernativos.

—Es lástima —dijo el hombre mientras se lo llevaban—. En realidad usted querrá decir sus últimas palabras cuando llegue el momento, y necesitaría decirlas para configurar fácilmente un destino histórico retrospectivo. Lo que yo iba a venderle es lo que usted querrá decir, de modo que no hay engaño. Pero como no acepta el negocio, como no va a aprender por adelantado esas palabras, cuando llegue el momento en que quieran brotar por primera vez y naturalmente usted no podrá decirlas.

—¿Por qué no podré decirlas, si son las que he de querer decir? —preguntó el tiranuelo, ya frente a otra taza de café.

—Porque el miedo no lo dejará —dijo tristemente el hombre—. Como estará con una soga al cuello, en camisa y temblando de terror y de frío, los dientes se le entrechocarán y no podrá articular palabra. El verdugo y los asistentes, entre los cuales habrá algunos de estos señores, esperarán por decoro un par de minutos, pero cuando de su boca brote solamente un gemido entrecortado por hipos y súplicas de perdón (porque eso sí lo articulará sin esfuerzo) se impacientarán y lo ahorcarán.

Muy indignados, los asistentes y en especial los generales, rodearon al tiranuelo para pedirle que hiciera fusilar inmediatamente al hombre. Pero el tiranuelo, que estaba-pálido-como-la-muerte, los echó a empellones y se encerró con el hombre para comprarle sus últimas palabras.

Entretanto, los generales y secretarios, humilladísimos por el trato recibido, prepararon un levantamiento y a la mañana siguiente prendieron al tiranuelo mientras comía uvas en su glorieta preferida. Para que no pudiera decir sus últimas palabras lo mataron en el acto pegándole un tiro. Después se pusieron a buscar al hombre, que había desaparecido de la casa de gobierno, y no tardaron en encontrarlo, pues se paseaba por el mercado vendiendo pregones a los saltimbanquis. Metiéndolo en un coche celular lo llevaron a la fortaleza y lo torturaron para que revelase cuáles hubieran podido ser las últimas palabras del tiranuelo. Como no pudieron arrancarle la confesión, lo mataron a puntapiés.

Los vendedores callejeros que le habían comprado gritos siguieron gritándolos en las esquinas, y uno de esos gritos sirvió más adelante como santo y seña de la contrarrevolución que acabó con los generales y los secretarios. Algunos, antes de morir, pensaron confusamente que en realidad todo aquello había sido una torpe cadena de confusiones, y que las palabras y los gritos eran cosas que en rigor pueden venderse pero no comprarse, aunque parezca absurdo.

Y se fueron pudriendo todos, el tiranuelo, el hombre, y los generales y secretarios, pero los gritos resonaban de cuando en cuando en las esquinas.

En *Historias de Cronopios y de Famas* (1962)

La salud de los enfermos

Cuando inesperadamente tía Clelia se sintió mal, en la familia hubo un momento de pánico y por varias horas nadie fue capaz de reaccionar y discutir un plan de acción, ni siquiera tío Roque que encontraba siempre la salida más atinada. A Carlos lo llamaron por teléfono a la oficina, Rosa y Pepa despidieron a los alumnos de piano y solfeo, y hasta tía Clelia se preocupó más por mamá que por ella misma. Estaba segura de que lo que sentía no era grave, pero a mamá no se le podían dar noticias inquietantes con su presión y su azúcar, de sobra sabían todos que el doctor Bonifaz había sido el primero en comprender y aprobar que le ocultaran a mamá lo de Alejandro. Si tía Clelia tenía que guardar cama era necesario encontrar alguna manera de que mamá no sospechara que estaba enferma, pero ya lo de Alejandro se había vuelto tan difícil y ahora se agregaba esto; la menor equivocación, y acabaría por saber la verdad. Aunque la casa era grande, había que tener en cuenta el oído tan afinado de mamá y su inquietante capacidad para adivinar dónde estaba cada uno. Pepa, que había llamado al doctor Bonifaz desde el teléfono de arriba, avisó a sus hermanos que el médico vendría lo antes posible y que dejaran entornada la puerta cancel para que entrase sin llamar. Mientras Rosa y tío Roque atendían a tía Clelia que había tenido dos desmayos y se quejaba de un insoportable dolor de cabeza, Carlos se quedó con mamá para contarle las novedades del conflicto diplomático con el Brasil y leerle las últimas noticias. Mamá estaba de buen humor esa tarde y no le dolía la cintura como casi siempre a la hora de la siesta. A todos les fue preguntando qué les pasaba que parecían tan nerviosos, y en la casa se habló de la baja presión y de los efectos nefastos de los mejoradores en el pan. A la hora del té vino tío Roque a charlar con mamá, y Carlos pudo darse un baño y quedarse a la espera del médico. Tía Clelia seguía mejor, pero le costaba moverse en la cama y ya casi no se interesaba por lo que tanto la había preocupado al salir del primer vahído. Pepa y Rosa se turnaron junto a ella, ofreciéndole té y agua sin que les contestara; la casa se apaciguó con el atardecer y los hermanos se dijeron que tal vez lo de tía Clelia no era grave, y que a la tarde siguiente volvería a entrar en el dormitorio de mamá como si no le hubiese pasado nada.

Con Alejandro las cosas habían sido mucho peores, porque Alejandro se había matado en un accidente de auto a poco de llegar a Montevideo donde lo esperaban en casa de un ingeniero amigo. Ya hacía casi un año de eso, pero siempre seguía siendo el primer día para los hermanos y los tíos, para todos menos para mamá, ya que para mamá Alejandro estaba en el Brasil donde una firma de Recife le había encargado la instalación de una fábrica de cemento. La idea de preparar a mamá, de insinuarle que Alejandro había tenido un accidente y que estaba levemente herido, no se les había ocurrido siquiera después de las prevenciones del doctor Bonifaz. Hasta María Laura, más allá de toda comprensión en esas primeras horas, había admitido que no era posible darle la noticia a mamá. Carlos y el padre de María Laura viajaron al Uruguay para traer el cuerpo de Alejandro, mientras la familia cuidaba como siempre de mamá que ese día estaba dolorida y difícil. El club de ingeniería aceptó que el velorio se hiciera en su sede y Pepa, la más ocupada con mamá, ni siquiera alcanzó a ver el ataúd de Alejandro mientras los otros se turnaban de hora en hora y acompañaban a la pobre María Laura perdida en un horror sin lágrimas. Como casi siempre, a tío Roque le tocó pensar. Habló de madrugada con Carlos, que lloraba silenciosamente a su hermano con la cabeza apoyada en la carpeta verde de la mesa del comedor donde tantas veces habían jugado a las cartas. Después se les agregó tía Clelia, porque mamá dormía toda la noche y no había que preocuparse por ella. Con el acuerdo tácito de Rosa y de Pepa, decidieron las primeras medidas, empezando por el secuestro de *La Nación* —a veces mamá se animaba a leer el diario unos minutos— y todos estuvieron de acuerdo con lo que había pensado el tío Roque. Fue así como una empresa brasileña contrató a Alejandro para que pasara un año en Recife, y Alejandro tuvo que renunciar en pocas horas a sus breves vacaciones en casa del ingeniero amigo, hacer su valija y saltar al primer avión. Mamá tenía que comprender que eran nuevos tiempos, que los industriales no entendían de sentimientos, pero Alejandro ya encontraría la manera de tomarse una semana de vacaciones a mitad de año y bajar a Buenos Aires. A mamá le pareció muy bien todo eso, aunque lloró un poco y hubo que darle a respirar sus sales. Carlos, que sabía hacerla reír, le dijo que era una vergüenza que llorara por el primer éxito del benjamín de la familia, y que a Alejandro no le hubiera gustado enterarse de que recibían así la noticia de su contrato. Entonces mamá se tranquilizó y dijo que bebería un dedo de málaga a la salud de Alejandro. Carlos salió bruscamente a buscar el vino, pero fue Rosa quien lo trajo y quien brindó con mamá.

La vida de mamá era bien penosa, y aunque poco se quejaba había que hacer todo lo posible por acompañarla y distraerla. Cuando al día siguiente del entierro de Alejandro se extrañó de que María Laura no hubiese venido a visitarla como todos los jueves, Pepa fue por la tarde a casa de los Novalli para hablar con María Laura. A esa hora tío Roque estaba en el estudio de un abogado amigo, explicándole la situación; el abogado prometió escribir inmediatamente a su hermano que trabajaba en Recife (las ciudades no se elegían al azar en casa de mamá) y organizar lo de la correspondencia. El doctor Bonifaz ya había visitado como por casualidad a mamá, y después de examinarle la vista la encontró bastante mejor pero le pidió que por unos días se abstuviera de leer los diarios. Tía Clelia se encargó de comentarle las noticias más interesantes; por suerte a mamá no le gustaban los noticieros radiales porque eran vulgares y a cada rato había avisos de remedios nada seguros que la gente tomaba contra viento y marea y así les iba.

María Laura vino el viernes por la tarde y habló de lo mucho que tenía que estudiar para los exámenes de arquitectura.

—Sí, mi hijita —dijo mamá, mirándola con afecto—. Tenés los ojos colorados de leer, y eso es malo. Ponete unas compresas con hamamelis, que es lo mejor que hay.

Rosa y Pepa estaban ahí para intervenir a cada momento en la conversación, y María Laura pudo resistir y hasta sonrió cuando mamá se puso a hablar de ese pícaro de novio que se iba tan lejos y casi sin avisar. La juventud moderna era así, el mundo se había vuelto loco y todos andaban apurados y sin tiempo para nada. Después mamá se perdió en las ya sabidas anécdotas de padres y abuelos, y vino el café y después entró Carlos con bromas y cuentos, y en algún momento tío Roque se paró en la puerta del dormitorio y los miró con su aire bonachón, y todo pasó como tenía que pasar hasta la hora del descanso de mamá.

La familia se fue habituando, a María Laura le costó más pero en cambio sólo tenía que ver a mamá los jueves; un día llegó la primera carta de Alejandro (mamá se había extrañado ya dos veces de su silencio) y Carlos se la leyó al pie de la cama. A Alejandro le había encantado Recife, hablaba del puerto, de los vendedores de papagayos y del sabor de los refrescos, a la familia se le hacía agua la boca cuando se enteraba de que los ananás no costaban nada, y que el café era de verdad y con una fragancia... Mamá pidió que le mostraran el sobre, y dijo que habría que darle la estampilla al chico de los Marolda que era filatelista, aunque a ella no le gustaba nada que los chicos anduvieran con las estampillas porque después no se lavaban las manos y las estampillas habían rodado por todo el mundo.

—Les pasan la lengua para pegarlas —decía siempre mamá— y los microbios quedan ahí y se incuban, es sabido. Pero dásela lo mismo, total ya tiene tantas que una más...

Al otro día mamá llamó a Rosa y le dictó una carta para Alejandro, preguntándole cuándo iba a poder tomarse vacaciones y si el viaje no le costaría demasiado. Le explicó cómo se sentía y le habló del ascenso que acababan de darle a Carlos y del premio que había sacado uno de los alumnos de piano de Pepa. También le dijo que María Laura la visitaba sin faltar ni un solo jueves, pero que estudiaba demasiado y que eso era malo para la vista. Cuando la carta estuvo escrita, mamá la firmó al pie con un lápiz, y besó suavemente el papel. Pepa se levantó con el pretexto de ir a buscar un sobre, y tía Clelia vino con las pastillas de las cinco y unas flores para el jarrón de la cómoda.

Nada era fácil, porque en esa época la presión de mamá subió todavía más y la familia llegó a preguntarse si no habría alguna influencia inconsciente, algo que desbordaba del comportamiento de todos ellos, una inquietud y un desánimo que hacían daño a mamá a pesar de las precauciones y la falsa alegría. Pero no podía ser, porque a fuerza de fingir las risas todos habían acabado por reírse de veras con mamá, y a veces se hacían bromas y se tiraban manotazos aunque no estuvieran con ella, y después se miraban como si se despertaran bruscamente, y Pepa se ponía muy colorada y Carlos encendía un cigarrillo con la cabeza gacha. Lo único importante en el fondo era que pasara el tiempo y que mamá no se diese cuenta de nada. Tío Roque había hablado con el doctor Bonifaz, y todos estaban de acuerdo en que había que continuar indefinidamente la comedia piadosa, como la calificaba tía Clelia. El único problema eran las visitas de María Laura porque mamá insistía naturalmente en hablar de Alejandro, quería saber si se casarían apenas él volviera de Recife o si ese loco de hijo iba a aceptar otro contrato lejos y por tanto tiempo. No quedaba más remedio que entrar a cada momento en el dormitorio y distraer a mamá, quitarle a María Laura que se mantenía muy quieta en su silla, con las manos apretadas hasta hacerse daño, pero un día mamá le preguntó a tía Clelia por qué todos se precipitaban en esa forma cuando María Laura venía a verla, como si fuera la única ocasión que tenían de estar con ella. Tía Clelia se echó a reír y le dijo que todos veían un poco a Alejandro en María Laura, y que por eso les gustaba estar con ella cuando venía.

—Tenés razón, María Laura es tan buena —dijo mamá—. El bandido de mi hijo no se la merece, creeme.

—Mirá quién habla —dijo tía Clelia—. Si se te cae la baba cuando nombrás a tu hijo.

Mamá también se puso a reír, y se acordó de que en esos días iba a llegar carta de Alejandro. La carta llegó y tío Roque la trajo junto con el té de las cinco. Esa vez mamá quiso leer la carta y pidió sus anteojos de ver cerca. Leyó aplicadamente, como si cada frase fuera un bocado que había que dar vueltas y vueltas paladeándolo.

—Los muchachos de ahora no tienen respeto —dijo sin darle demasiada importancia—. Está bien que en mi tiempo no se usaban esas máquinas, pero yo no me hubiera atrevido jamás a escribir así a mi padre, ni vos tampoco.

—Claro que no —dijo tío Roque—. Con el genio que tenía el viejo.

—A vos no se te cae nunca eso del viejo, Roque. Sabés que no me gusta oírtelo decir, pero te da igual. Acordate cómo se ponía mamá.

—Bueno, está bien. Lo de viejo es una manera de decir, no tiene nada que ver con el respeto.

—Es muy raro —dijo mamá, quitándose los anteojos y mirando las molduras del cielo raso—. Ya van cinco o seis cartas de Alejandro, y en ninguna me llama... Ah, pero es un secreto entre los dos. Es raro, sabés. ¿Por qué no me ha llamado así ni una sola vez?

—A lo mejor al muchacho le parece tonto escribírtelo. Una cosa es que te diga... ¿cómo te dice...?

—Es un secreto —dijo mamá—. Un secreto entre mi hijito y yo.

Ni Pepa ni Rosa sabían de ese nombre, y Carlos se encogió de hombros cuando le preguntaron.

—¿Qué querés, tío? Lo más que puedo hacer es falsificarle la firma. Yo creo que mamá se va a olvidar de eso, no te lo tomés tan a pecho.

A los cuatro o cinco meses, después de una carta de Alejandro en la que explicaba lo mucho que tenía que hacer (aunque estaba contento porque era una gran oportunidad para un ingeniero joven), mamá insistió en que ya era tiempo de que se tomara unas vacaciones y bajara a Buenos Aires. A Rosa, que escribía la respuesta de mamá, le pareció que dictaba más lentamente, como si hubiera estado pensando mucho cada frase.

—Vaya a saber si el pobre podrá venir —comentó Rosa como al descuido—. Sería una lástima que se malquiste con la empresa justamente ahora que le va tan bien y está tan contento.

Mamá siguió dictando como si no hubiera oído. Su salud dejaba mucho que desear y le hubiera gustado ver a Alejandro, aunque sólo fuese por unos días. Alejandro tenía que pensar también en María Laura, no porque ella creyese que descuidaba a su novia, pero un cariño no vive de palabras bonitas y promesas a la distancia. En fin, esperaba que Alejandro le escribiera pronto con buenas noticias. Rosa se fijó que mamá no besaba el papel después de firmar, pero que miraba fijamente la carta como si quisiera grabársela en la memoria. "Pobre Alejandro", pensó Rosa, y después se santiguó bruscamente sin que mamá la viera.

—Mirá —le dijo tío Roque a Carlos cuando esa noche se quedaron solos para su partida de dominó—, yo creo que esto se va a poner feo. Habrá que inventar alguna cosa plausible, o al final se dará cuenta.

—Qué sé yo, tío. Lo mejor será que Alejandro conteste de una manera que la deje contenta por un tiempo más. La pobre está tan delicada, no se puede ni pensar en...

—Nadie habló de eso, muchacho. Pero yo te digo que tu madre es de las que no aflojan. Está en la familia, che.

Mamá leyó sin hacer comentarios la respuesta evasiva de Alejandro, que trataría de conseguir vacaciones apenas entregara el primer sector instalado de la fábrica. Cuando esa tarde llegó María Laura, le pidió que intercediera para que Alejandro viniese aunque no fuera más que una semana a Buenos Aires. María Laura le dijo después a Rosa que mamá se lo había pedido en el único momento en que nadie más podía escucharla. Tío Roque fue el primero en sugerir lo que todos habían pensado ya tantas veces sin animarse a decirlo por lo claro, y cuando mamá le dictó a Rosa otra carta para Alejandro, insistiendo en que viniera, se decidió que no quedaba más remedio que hacer la tentativa y ver si mamá estaba en condiciones de recibir una primera noticia desagradable. Carlos consultó al doctor Bonifaz, que aconsejó prudencia y unas gotas. Dejaron pasar el tiempo necesario, y una tarde tío Roque vino a sentarse a los pies de la cama de mamá, mientras Rosa cebaba un mate y miraba por la ventana del balcón, al lado de la cómoda de los remedios.

—Fijate que ahora empiezo a entender un poco por qué este diablo de sobrino no se decide a venir a vernos —dijo tío Roque—. Lo que pasa es que no te ha querido afligir, sabiendo que todavía no estás bien.

Mamá lo miró como si no comprendiera.

—Hoy telefonearon los Novalli, parece que María Laura recibió noticias de Alejandro. Está bien, pero no va a poder viajar por unos meses.

—¿Por qué no va a poder viajar? —preguntó mamá.

—Porque tiene algo en un pie, parece. En el tobillo, creo. Hay que preguntarle a María Laura para que diga lo que pasa. El viejo Novalli habló de una fractura o algo así.

—¿Fractura de tobillo? —dijo mamá.

Antes de que tío Roque pudiera contestar, ya Rosa estaba con el frasco de sales. El doctor Bonifaz vino en seguida, y todo pasó en unas horas, pero fueron horas largas y el doctor Bonifaz no se separó de la familia hasta entrada la noche. Recién dos días después mamá se sintió lo bastante repuesta como para pedirle a Pepa que le escribiera a Alejandro. Cuando Pepa, que no había entendido bien, vino como siempre con el block y la lapicera, mamá cerró los ojos y negó con la cabeza.

—Escribile vos, nomás. Decile que se cuide.

Pepa obedeció, sin saber por qué escribía una frase tras otra puesto que mamá no iba a leer la carta. Esa noche le dijo a Carlos que todo el tiempo, mientras escribía al lado de la cama de mamá, había tenido la absoluta seguridad de que mamá no iba a leer ni a firmar esa carta. Seguía con los ojos cerrados y no los abrió hasta la hora de la tisana; parecía haberse olvidado, estar pensando en otras cosas.

Alejandro contestó con el tono más natural del mundo, explicando que no había querido contar lo de la fractura para no afligirla. Al principio se habían equivocado y le habían puesto un yeso que hubo que cambiar, pero ya estaba mejor y en unas semanas podría empezar a caminar. En total tenía para unos dos meses, aunque lo malo era que su trabajo se había retrasado una barbaridad en el peor momento, y...

Carlos, que leía la carta en voz alta, tuvo la impresión de que mamá no lo escuchaba como otras veces. De cuando en cuando miraba el reloj, lo que en ella era signo de impaciencia. A las siete Rosa tenía que traerle el caldo con las gotas del doctor Bonifaz, y eran las siete y cinco.

—Bueno —dijo Carlos, doblando la carta—. Ya ves que todo va bien, al pibe no le ha pasado nada serio.

—Claro —dijo mamá—. Mirá, decile a Rosa que se apure, querés.

A María Laura, mamá le escuchó atentamente las explicaciones sobre la fractura de Alejandro, y hasta le dijo que le recomendara unas fricciones que tanto bien le habían hecho a su padre cuando la caída del caballo en Matanzas. Casi en seguida, como si formara parte de la misma frase, preguntó si no le podían dar unas gotas de agua de azahar, que siempre le aclaraban la cabeza.

La primera en hablar fue María Laura, esa misma tarde. Se lo dijo a Rosa en la sala, antes de irse, y Rosa se quedó mirándola como si no pudiera creer lo que había oído.

—Por favor —dijo Rosa—. ¿Cómo podés imaginarte una cosa así?

—No me la imagino, es la verdad —dijo María Laura—. Y yo no vuelvo más, Rosa, pídanme lo que quieran, pero yo no vuelvo a entrar en esa pieza.

En el fondo a nadie le pareció demasiado absurda la fantasía de María Laura. Pero tía Clelia resumió el sentimiento de todos cuando dijo que en una casa como la de ellos un deber era un deber. A Rosa le tocó ir a lo de los Novalli, pero María Laura tuvo un ataque de llanto tan histérico que no quedó más remedio que acatar su decisión; Pepa y Rosa empezaron esa misma tarde a hacer comentarios sobre lo mucho que tenía que estudiar la pobre chica y lo cansada que estaba. Mamá no dijo nada, y cuando llegó el jueves no preguntó por María Laura. Ese jueves se cumplían diez meses de la partida de Alejandro al Brasil. La empresa estaba tan satisfecha de sus servicios, que unas semanas después le propusieron una renovación del contrato por otro año, siempre que aceptara irse de inmediato a Belén para instalar otra fábrica. A tío Roque le parecía eso formidable, un gran triunfo para un muchacho de tan pocos años.

—Alejandro fue siempre el más inteligente —dijo mamá—. Así como Carlos es el más tesonero.

—Tenés razón —dijo tío Roque, preguntándose de pronto qué mosca le habría picado aquel día a María Laura—. La verdad es que te han salido unos hijos que valen la pena, hermana.

—Oh, sí, no me puedo quejar. A su padre le hubiera gustado verlos ya grandes. Las chicas, tan buenas, y el pobre Carlos, tan de su casa.

—Y Alejandro, con tanto porvenir.

—Ah, sí —dijo mamá.

—Fijate nomás en ese nuevo contrato que le ofrecen... En fin, cuando estés con ánimo le contestarás a tu hijo; debe andar con la cola entre las piernas pensando que la noticia de la renovación no te va a gustar.

—Ah, sí —repitió mamá, mirando al cielo raso—. Decile a Pepa que le escriba, ella ya sabe.

Pepa escribió, sin estar muy segura de lo que debía decirle a Alejandro, pero convencida de que siempre era mejor tener un texto completo para evitar contradicciones en las respuestas. Alejandro, por su parte, se alegró mucho de que mamá comprendiera la oportunidad que se le presentaba. Lo del tobillo iba muy bien, apenas

La salud de los enfermos

pudiera pediría vacaciones para venirse a estar con ellos una quincena. Mamá asintió con un leve gesto, y preguntó si ya había llegado *La Razón* para que Carlos le leyera los telegramas. En la casa todo se había ordenado sin esfuerzo, ahora que parecían haber terminado los sobresaltos y la salud de mamá se mantenía estacionaria. Los hijos se turnaban para acompañarla; tío Roque y tía Clelia entraban y salían en cualquier momento. Carlos le leía el diario a mamá por la noche, y Pepa por la mañana. Rosa y tía Clelia se ocupaban de los medicamentos y los baños; tío Roque tomaba mate en su cuarto dos o tres veces al día. Mamá no estaba nunca sola, no preguntaba nunca por María Laura; cada tres semanas recibía sin comentarios las noticias de Alejandro; le decía a Pepa que contestara y hablaba de otra cosa, siempre inteligente y atenta y alejada.

Fue en esa época cuando tío Roque empezó a leerle las noticias de la tensión con el Brasil. Las primeras las había escrito en los bordes del diario, pero mamá no se preocupaba por la perfección de la lectura y después de unos días tío Roque se acostumbró a inventar en el momento. Al principio acompañaba los inquietantes telegramas con algún comentario sobre los problemas que eso podría traerle a Alejandro y a los demás argentinos en el Brasil, pero como mamá no parecía preocuparse dejó de insistir aunque cada tantos días agravaba un poco la situación. En las cartas de Alejandro se mencionaba la posibilidad de una ruptura de relaciones, aunque el muchacho era el optimista de siempre y estaba convencido de que los cancilleres arreglarían el litigio.

Mamá no hacía comentarios, tal vez porque aún faltaba mucho para que Alejandro pudiera pedir licencia, pero una noche le preguntó bruscamente al doctor Bonifaz si la situación con el Brasil era tan grave como decían los diarios.

—¿Con el Brasil? Bueno, sí, las cosas no andan muy bien —dijo el médico—. Esperemos que el buen sentido de los estadistas...

Mamá lo miraba como sorprendida de que le hubiese respondido sin vacilar. Suspiró levemente, y cambió la conversación. Esa noche estuvo más animada que otras veces, y el doctor Bonifaz se retiró satisfecho. Al otro día se enfermó tía Clelia; los desmayos parecían cosa pasajera, pero el doctor Bonifaz habló con tío Roque y aconsejó que internaran a tía Clelia en un sanatorio. A mamá, que en ese momento escuchaba las noticias del Brasil que le traía Carlos con el diario de la noche, le dijeron que tía Clelia estaba con una jaqueca que no la dejaba moverse de la cama. Tuvieron toda la noche para pensar en lo que harían, pero tío Roque estaba como anonadado después de hablar con el doctor Bonifaz, y a Carlos y a las chicas les tocó decidir. A Rosa se le ocurrió lo de la quinta de Manolita Valle y el aire puro; al segundo día de la jaqueca de tía Clelia, Carlos llevó la conversación con tanta habilidad que fue como si mamá en persona hubiera aconsejado una temporada en la quinta de Manolita que tanto bien le haría a Clelia. Un compañero de oficina de Carlos se ofreció para llevarla en su auto, ya que el tren era fatigoso con esa jaqueca. Tía Clelia fue la primera en querer despedirse de mamá, y entre Carlos y tío Roque

la llevaron pasito a paso para que mamá le recomen-
dase que no tomara frío en esos autos de ahora y que
se acordara del laxante de frutas cada noche.

—Clelia estaba muy congestionada —le dijo mamá a
Pepa por la tarde—. Me hizo mala impresión, sabés.

—Oh, con unos días en la quinta se va a reponer lo
más bien. Estaba un poco cansada estos meses; me
acuerdo de que Manolita le había dicho que fuera a
acompañarla a la quinta.

—¿Sí? Es raro, nunca me lo dijo.

—Por no afligirte, supongo.

—¿Y cuánto tiempo se va a quedar, hijita?

Pepa no sabía, pero ya le preguntarían al doctor Bonifaz que era el que había aconsejado el cambio de aire. Mamá no volvió a hablar del asunto hasta algunos
días después (tía Clelia acababa de tener un síncope en
el sanatorio, y Rosa se turnaba con tío Roque para
acompañarla).

—Me pregunto cuándo va a volver Clelia —dijo mamá.

—Vamos, por una vez que la pobre se decide a de-
jarte y a cambiar un poco de aire...

—Sí, pero lo que tenía no era nada, dijeron ustedes.

—Claro que no es nada. Ahora se estará quedando
por gusto, o por acompañar a Manolita; ya sabés cómo
son de amigas.

—Telefoneá a la quinta y averiguá cuándo va a volver —dijo mamá.

Rosa telefoneó a la quinta, y le dijeron que tía Clelia estaba mejor, pero que todavía se sentía un poco débil, de manera que iba a aprovechar para quedarse. El
tiempo estaba espléndido en Olavarría.

—No me gusta nada eso —dijo mamá—. Clelia ya tendría que haber vuelto.

—Por favor, mamá, no te preocupés tanto. ¿Por qué no te mejorás vos lo antes posible, y te vas con Clelia y Manolita a tomar sol a la quinta?

—¿Yo? —dijo mamá, mirando a Carlos con algo que se parecía al asombro, al escándalo, al insulto. Carlos se echó a reír para disimular lo que sentía (tía Clelia estaba gravísima, Pepa acababa de telefonear) y la besó en la mejilla como a una niña traviesa.

—Mamita tonta —dijo, tratando de no pensar en nada.

Esa noche mamá durmió mal y desde el amanecer preguntó por Clelia, como si a esa hora se pudieran tener noticias de la quinta (tía Clelia acababa de morir y habían decidido velarla en la funeraria). A las ocho llamaron a la quinta desde el teléfono de la sala, para que mamá pudiera escuchar la conversación, y por suerte tía Clelia había pasado bastante buena noche aunque el médico de Manolita aconsejaba que se quedase mientras siguiera el buen tiempo. Carlos estaba muy contento con el cierre de la oficina por inventario y balance, y vino en piyama a tomar mate al pie de la cama de mamá y a darle conversación.

—Mirá —dijo mamá—, yo creo que habría que escribirle a Alejandro que venga a ver a su tía. Siempre fue el preferido de Clelia, y es justo que venga.

—Pero si tía Clelia no tiene nada, mamá. Si Alejandro no ha podido venir a verte a vos, imaginate...

—Allá él —dijo mamá—. Vos escribile y decile que Clelia está enferma y que debería venir a verla.

—¿Pero cuántas veces te vamos a repetir que lo de tía Clelia no es grave?

—Si no es grave, mejor. Pero no te cuesta nada escribirle.

Le escribieron esa misma tarde y le leyeron la carta a mamá. En los días en que debía llegar la respuesta de Alejandro (tía Clelia seguía bien, pero el médico de Manolita insistía en que aprovechara el buen aire de la quinta), la situación diplomática con el Brasil se agravó todavía más y Carlos le dijo a mamá que no sería raro que las cartas de Alejandro se demoraran.

—Parecería a propósito —dijo mamá—. Ya vas a ver que tampoco podrá venir él.

Ninguno de ellos se decidía a leerle la carta de Alejandro. Reunidos en el comedor, miraban al lugar vacío de tía Clelia, se miraban entre ellos, vacilando.

—Es absurdo —dijo Carlos—. Ya estamos tan acostumbrados a esta comedia, que una escena más o menos.

—Entonces llevásela vos —dijo Pepa, mientras se le llenaban los ojos de lágrimas y se los secaba con la servilleta.

—Qué querés, hay algo que no anda. Ahora cada vez que entro en su cuarto estoy como esperando una sorpresa, una trampa, casi.

—La culpa la tiene María Laura —dijo Rosa—. Ella nos metió la idea en la cabeza y ya no podemos actuar con naturalidad. Y para colmo tía Clelia...

—Mirá, ahora que lo decís se me ocurre que convendría hablar con María Laura —dijo tío Roque—. Lo más lógico sería que viniera después de sus exámenes y le diera a tu madre la noticia de que Alejandro no va a poder viajar.

—¿Pero a vos no te hiela la sangre que mamá no pregunte más por María Laura, aunque Alejandro la nombra en todas sus cartas?

—No se trata de la temperatura de mi sangre —dijo tío Roque—. Las cosas se hacen o no se hacen, y se acabó.

A Rosa le llevó dos horas convencer a María Laura, pero era su mejor amiga y María Laura los quería mucho, hasta a mamá aunque le diera miedo. Hubo que preparar una nueva carta, que María Laura trajo junto con un ramo de flores y las pastillas de mandarina que le gustaban a mamá. Sí, por suerte ya habían terminado los exámenes peores, y podría irse unas semanas a descansar a San Vicente.

—El aire del campo te hará bien —dijo mamá—. En cambio a Clelia... ¿Hoy llamaste a la quinta, Pepa? Ah, sí, recuerdo que me dijiste... Bueno, ya hace tres semanas que se fue Clelia, y mirá vos...

María Laura y Rosa hicieron los comentarios del caso, vino la bandeja del té, y María Laura le leyó a mamá unos párrafos de la carta de Alejandro con la noticia de la internación provisional de todos los técnicos extranjeros, y la gracia que le hacía estar alojado en un espléndido hotel por cuenta del gobierno, a la espera de que los cancilleres arreglaran el conflicto. Mamá no hizo ninguna reflexión, bebió su taza de tilo y se fue adormeciendo. Las muchachas siguieron charlando en la sala, más aliviadas. María Laura estaba por irse cuando se le ocurrió lo del teléfono y se lo dijo a Rosa. A Rosa le parecía que también Carlos había pensado en eso, y más tarde le habló a tío Roque, que se encogió de hombros. Frente a cosas así no quedaba más remedio que hacer un gesto y seguir leyendo el diario. Pero Rosa y Pepa se lo dijeron también a Carlos, que renunció a encontrarle explicación a menos de aceptar lo que nadie quería aceptar.

—Ya veremos —dijo Carlos—. Todavía puede ser que se le ocurra y nos lo pida. En ese caso...

Pero mamá no pidió nunca que le llevaran el teléfono para hablar personalmente con tía Clelia. Cada mañana preguntaba si había noticias de la quinta, y después se volvía a su silencio donde el tiempo parecía contarse por dosis de remedios y tazas de tisana. No le desagradaba que tío Roque viniera con *La Razón* para leerle las últimas noticias del conflicto con el Brasil, aunque tampoco parecía preocuparse si el diariero llegaba tarde o tío Roque se entretenía más que de costumbre con un problema de ajedrez. Rosa y Pepa llegaron a convencerse de que a mamá la tenía sin cuidado que le leyeran las noticias, o telefonearan a la quinta, o trajeran una carta de Alejandro. Pero no se podía estar seguro porque a veces mamá levantaba la cabeza y las miraba con la mirada profunda de siempre, en la que no había ningún cambio, ninguna aceptación. La rutina los abarcaba a todos, y para Rosa telefonear a un agujero negro en el extremo del hilo era tan simple y cotidiano como para tío Roque seguir leyendo falsos telegramas sobre un fondo de anuncios de remates o noticias de fútbol, o para Carlos entrar con las anécdotas de su visita a la quinta de Olavarría y los paquetes de frutas que les mandaban Manolita y tía

Clelia. Ni siquiera durante los últimos meses de mamá cambiaron las costumbres, aunque poca importancia tuviera ya. El doctor Bonifaz les dijo que por suerte mamá no sufriría nada y que se apagaría sin sentirlo. Pero mamá se mantuvo lúcida hasta el fin, cuando ya los hijos la rodeaban sin poder fingir lo que sentían.

—Qué buenos fueron todos conmigo —dijo mamá con ternura—. Todo ese trabajo que se tomaron para que no sufriera.

Tío Roque estaba sentado junto a ella y le acarició jovialmente la mano, tratándola de tonta. Pepa y Rosa, fingiendo buscar algo en la cómoda, sabían ya que María Laura había tenido razón; sabían lo que de alguna manera habían sabido siempre.

—Tanto cuidarme... —dijo mamá, y Pepa apretó la mano de Rosa, porque al fin y al cabo esas dos palabras volvían a poner todo en orden, restablecían la larga comedia necesaria. Pero Carlos, a los pies de la cama, miraba a mamá como si supiera que iba a decir algo más.

—Ahora podrán descansar —dijo mamá—. Ya no les daremos más trabajo.

Tío Roque iba a protestar, a decir algo, pero Carlos se le acercó y le apretó violentamente el hombro. Mamá se perdía poco a poco en una modorra, y era mejor no molestarla.

Tres días después del entierro llegó la última carta de Alejandro, donde como siempre preguntaba por la salud de mamá y de tía Clelia. Rosa, que la había recibido, la abrió y empezó a leerla sin pensar, y cuando levantó la vista porque de golpe las lágrimas la cegaban, se dio cuenta de que mientras la leía había estado pensando en cómo habría que darle a Alejandro la noticia de la muerte de mamá.

En *Todos los fuegos el fuego* (1966)

El otro cielo

Ces yeux ne t'appartiennent pas... où les as-tu pris?

..., IV, V.

Me ocurría a veces que todo se dejaba andar, se ablandaba y cedía terreno, aceptando sin resistencia que se pudiera ir así de una cosa a otra. Digo que me ocurría, aunque una estúpida esperanza quisiera creer que acaso ha de ocurrirme todavía. Y por eso, si echarse a caminar una y otra vez por la ciudad parece un escándalo cuando se tiene una familia y un trabajo, hay ratos en que vuelvo a decirme que ya sería tiempo de retornar a mi barrio preferido, olvidarme de mis ocupaciones (soy corredor de Bolsa) y con un poco de suerte encontrar a Josiane y quedarme con ella hasta la mañana siguiente.

Quién sabe cuánto hace que me repito todo esto, y es penoso porque hubo una época en que las cosas me sucedían cuando menos pensaba en ellas, empujando apenas con el hombro cualquier rincón del aire. En todo caso bastaba ingresar en la deriva placentera del ciudadano que se deja llevar por sus preferencias callejeras, y casi siempre mi paseo terminaba en el barrio de las galerías cubiertas, quizá porque los pasajes y las galerías han sido mi patria secreta desde siempre. Aquí, por ejemplo, el Pasaje Güemes, territorio ambiguo donde ya hace tanto tiempo fui a quitarme la infancia como un traje usado. Hacia el año veintiocho, el Pasaje Güemes era la caverna del tesoro en que deliciosamente se mezclaban la entrevisión del pecado y las pastillas de menta, donde se voceaban las ediciones vespertinas con crímenes a toda página y ardían las luces de la sala del subsuelo donde pasaban inalcanzables películas realistas. Las Josiane de aquellos días debían de mirarme con un gesto entre maternal y divertido, yo con unos miserables centavos en el bolsillo pero andando como un hombre, el chambergo requintado y las manos en los bolsillos, fumando un *Commander* precisamente porque mi padrastro me había profetizado que acabaría ciego por culpa del tabaco rubio. Recuerdo sobre todo olores y sonidos, algo como una expectativa y una ansiedad, el kiosco donde se podían comprar revistas con mujeres desnudas y anuncios de falsas manicuras, y ya entonces era sensible a ese falso cielo de estucos y claraboyas sucias, a esa noche artificial que ignoraba la estupidez del día y del sol ahí afuera. Me asomaba con falsa indiferencia a las puertas del pasaje donde empezaba el último misterio, los vagos ascensores que llevarían a los consultorios de enfermedades venéreas y también a los presuntos paraísos en lo más alto, con mujeres de la vida y amorales, como les llamaban en los diarios, con bebidas preferentemente verdes en copas biseladas, con batas de seda y kimonos violeta, y los departamentos tendrían el mismo perfume que salía de las tiendas que yo creía elegantes y que chisporroteaban sobre la penumbra del pasaje un bazar inalcanzable de frascos y cajas de cristal y cisnes rosa y polvos *rachel* y cepillos con mangos transparentes.

Todavía hoy me cuesta cruzar el Pasaje Güemes sin enternecerme irónicamente con el recuerdo de la adolescencia al borde de la caída; la antigua fascinación perdura siempre, y por eso me gustaba echar a andar sin rumbo fijo, sabiendo que en cualquier momento entraría en la zona de las galerías cubiertas, donde cualquier sórdida botica polvorienta me atraía más que los escaparates tendidos a la insolencia de las calles abiertas. La Galerie Vivienne, por ejemplo, o el Passage des Panoramas con sus ramificaciones, sus cortadas que rematan en una librería de viejo o una inexplicable agencia de viajes donde quizá nadie compró nunca un billete de ferrocarril, ese mundo que ha optado por un cielo más próximo, de vidrios sucios y estucos con figuras alegóricas que tienden las manos para ofrecer una guirnalda, esa Galerie Vivienne a un paso de la ignominia diurna de la rue Réaumur y de la Bolsa (yo trabajo en la Bolsa), cuánto de ese barrio ha sido mío desde siempre, desde mucho antes de sospecharlo ya era mío cuando apostado en un rincón del Pasaje Güemes, contando mis pocas monedas de estudiante, debatía el problema de gastarlas en un bar automático o comprar una novela y un surtido de caramelos ácidos en su bolsa de papel transparente, con un cigarrillo que me nublaba los ojos y en el fondo del bolsillo, donde los dedos lo rozaban a veces, el sobrecito del preservativo comprado con falsa desenvoltura en una farmacia atendida solamente por hombres, y que no tendría la menor oportunidad de utilizar con tan poco dinero y tanta infancia en la cara.

Mi novia, Irma, encuentra inexplicable que me guste vagar de noche por el centro o por los barrios del sur, y si supiera de mi predilección por el Pasaje Güemes no dejaría de escandalizarse. Para ella, como para mi madre, no hay mejor actividad social que el sofá de la sala donde ocurre eso que llaman la conversación, el café y el anisado. Irma es la más buena y generosa de las mujeres, jamás se me ocurriría hablarle de lo que verdaderamente cuenta para mí, y en esa forma llegaré alguna vez a ser un buen marido y un padre cuyos hijos serán de paso los tan anhelados nietos de mi madre. Supongo que por cosas así acabé conociendo a Josiane, pero no solamente por eso ya que podría habérmela encontrado en el boulevard Poissonière o en la rue Notre-Dame-des-Victoires, y en cambio nos miramos por primera vez en lo más hondo de la Galerie Vivienne, bajo las figuras de yeso que el pico de gas llenaba de temblores (las guirnaldas iban y venían entre los dedos de las Musas polvorientas), y no tardé en saber que Josiane trabajaba en ese barrio y que no costaba mucho dar con ella si se era familiar de los cafés o amigo de los cocheros. Pudo ser coincidencia, pero haberla conocido allí, mientras llovía en el otro mundo, el del cielo alto y sin guirnaldas de la calle, me pareció un signo que iba más allá del encuentro trivial con cualquiera de las prostitutas del barrio. Después supe que en esos días Josiane no se alejaba de la galería porque era la época en que no se hablaba más que de los crímenes de Laurent y la pobre vivía aterrada. Algo de ese terror se transformaba en gracia, en gestos casi esquivos, en puro deseo. Recuerdo su manera de mirarme entre codiciosa y desconfiada, sus preguntas que fingían indiferencia, mi casi incrédulo encanto al enterarme de que vivía en los altos de la galería, mi insistencia en subir a su bohardilla en vez de ir al hotel de la rue du Sentier (donde ella tenía amigos y se sentía protegida). Y su confianza más tarde, cómo nos reímos esa noche a la sola idea de que yo pudiera ser Laurent, y qué bonita y dulce era Josiane en su bohardilla de novela barata, con el miedo al estrangulador rondando por París y esa manera de apretarse más y más contra mí mientras pasábamos revista a los asesinatos de Laurent.

Mi madre sabe siempre si no he dormido en casa, y aunque naturalmente no dice nada puesto que sería absurdo que lo dijera, durante uno o dos días me mira entre ofendida y temerosa. Sé muy bien que jamás se le ocurriría contárselo a Irma, pero lo mismo me fastidia la persistencia de un derecho materno que ya nada justifica, y sobre todo que sea yo el que al final se aparezca con una caja de bombones o una planta para el patio, y que el regalo represente de una manera muy precisa y sobrentendida la terminación de la ofensa, el retorno a la vida corriente del hijo que vive todavía en casa de su madre. Desde luego Josiane era feliz cuando le contaba esa clase de episodios, que una vez en el barrio de las galerías pasaban a formar parte de nuestro mundo con la misma llaneza que su protagonista. El sentimiento familiar de

Josiane era muy vivo y estaba lleno de respeto por las instituciones y los parentescos; soy poco amigo de confidencias pero como de algo teníamos que hablar y lo que ella me había dejado saber de su vida ya estaba comentado, casi inevitablemente volvíamos a mis problemas de hombre soltero. Otra cosa nos acercó, y también en eso fui afortunado, porque a Josiane le gustaban las galerías cubiertas, quizá por vivir en una de ellas o porque la protegían del frío y la lluvia (la conocí a principios de un invierno, con nevadas prematuras que nuestras galerías y su mundo ignoraban alegremente). Nos habituamos a andar juntos cuando le sobraba el tiempo, cuando alguien —no le gustaba llamarlo por su nombre— estaba lo bastante satisfecho como para dejarla divertirse un rato con sus amigos. De ese alguien hablábamos poco, luego que yo hice las inevitables preguntas y ella me contestó las inevitables mentiras de toda relación mercenaria; se daba por supuesto que era el amo, pero tenía el buen gusto de no hacerse ver. Llegué a pensar que no le desagradaba que yo acompañara algunas noches a Josiane, porque la amenaza de Laurent pesaba más que nunca sobre el barrio después de su nuevo crimen en la rue d'Aboukir, y la pobre no se hubiera atrevido a alejarse de la Galerie Vivienne una vez caída la noche. Era como para sentirse agradecido a Laurent y al amo, el miedo ajeno me servía para recorrer con Josiane los pasajes y los cafés, descubriendo que podía llegar a ser un amigo de verdad de una muchacha a la que no me ataba ninguna relación profunda. De esa confiada amistad nos fuimos dando cuenta poco a poco, a través de silencios, de tonterías. Su habitación, por ejemplo, la bohardilla pequeña y limpia que para mí no había tenido otra realidad que la de formar parte de la galería. En un principio yo había subido por Josiane, y como no podía quedarme porque me faltaba el dinero para pagar una noche entera y alguien estaba esperando la rendición sin mácula de cuentas, casi no veía lo que me rodeaba y mucho más tarde, cuando estaba a punto de dormirme en mi pobre cuarto con su almanaque ilustrado y su mate de plata como únicos lujos, me preguntaba por la bohardilla y no alcanzaba a dibujármela, no veía más que a Josiane y me bastaba para entrar en el sueño como si todavía la guardara entre los brazos. Pero con la amistad vinieron las prerrogativas, quizá la aquiescencia del amo, y Josiane se las arreglaba muchas veces para pasar la noche conmigo, y su pieza empezó a llenarnos los huecos de un diálogo que no siempre era fácil; cada muñeca, cada estampa, cada adorno fueron instalándose en mi memoria y ayudándome a vivir cuando era el tiempo de volver a mi cuarto o de conversar con mi madre o con Irma de la política nacional y de las enfermedades en las familias.

Más tarde hubo otras cosas, y entre ellas la vaga silueta de aquél que Josiane llamaba el sudamericano, pero en un principio todo parecía ordenarse en torno al gran terror del barrio, alimentado por lo que un periodista imaginativo había dado en llamar la saga de Laurent el estrangulador. Si en un momento dado me propongo la imagen de Josiane, es para verla entrar conmigo en el café de la rue des Jeuneurs, instalarse en la banqueta de felpa morada y cambiar saludos con las amigas y los parroquianos, frases sueltas que en seguida son Laurent, porque sólo de Laurent se habla en el barrio de la Bolsa, y yo que he trabajado sin parar todo el día y he soportado entre dos ruedas de cotizaciones los comentarios de colegas y clientes acerca del último crimen de Laurent, me pregunto si esa torpe pesadilla va a acabar algún día, si las cosas volverán a ser como imagino que eran antes de Laurent, o si deberemos sufrir sus macabras diversiones hasta el fin de los tiempos. Y lo más irritante (se lo digo a Josiane después de pedir el grog que tanta falta nos hace con ese frío y esa nieve) es que ni siquiera sabemos su nombre, el barrio lo llama Laurent porque una vidente de la barrera de Clichy ha visto en la bola de cristal cómo el asesino escribía su nombre con un dedo ensangrentado, y los gacetilleros se cuidan de no contrariar los instintos del público. Josiane no es tonta pero nadie la convencería de que el asesino no se llama Laurent, y es inútil luchar contra el ávido terror parpadeando en sus ojos azules que miran ahora distraídamente el paso de un hombre joven, muy alto y un poco encorvado, que acaba de entrar y se apoya en el mostrador sin saludar a nadie.

—Puede ser —dice Josiane, acatando alguna reflexión tranquilizadora que debo haber inventado sin siquiera pensarla—. Pero entretanto yo tengo que subir sola a mi cuarto, y si el viento me apaga la vela entre dos pisos... La sola idea de quedarme a oscuras en la escalera, y que quizá...

—Pocas veces subes sola —le digo riéndome.

—Tú te burlas pero hay malas noches, justamente cuando nieva o llueve y me toca volver a las dos de la madrugada...

Sigue la descripción de Laurent agazapado en un rellano, o todavía peor, esperándola en su propia habitación a la que ha entrado mediante una ganzúa infalible. En la mesa de al lado Kikí se estremece ostentosamente y suelta unos gritos que se multiplican en los espejos. Los hombres nos divertimos enormemente con esos espantos teatrales que nos ayudarán a proteger con más prestigio a nuestras compañeras. Da gusto fumar unas pipas en el café, a esa hora en que la fatiga del trabajo empieza a borrarse con el alcohol y el tabaco, y las mujeres comparan sus sombreros y sus boas o se ríen de nada; da gusto besar en la boca a Josiane que pensativa se ha puesto a mirar al hombre —casi un muchacho— que nos da la espalda y bebe su ajenjo a pequeños sorbos, apoyando un codo en el mostrador. Es curioso, ahora que lo pienso: a la primera imagen que se me ocurre de Josiane y que es siempre Josiane en la banqueta del café, una noche de nevada y Laurent, se agrega inevitablemente aquél que ella llamaba el sudamericano, bebiendo su ajenjo y dándonos la espalda. También yo le llamo el sudamericano porque Josiane me aseguró que lo era, y que lo sabía por la Rousse que se había acostado con él o poco menos, y todo eso había sucedido antes de que Josiane y la Rousse se pelearan por una cuestión de esquinas o de horarios y lo lamentaran ahora con medias palabras porque habían sido muy buenas amigas. Según la Rousse él le había dicho que era sudamericano aunque hablara sin el menor acento; se lo había dicho al ir a acostarse con ella, quizá para conversar de alguna cosa mientras acababa de soltarse las cintas de los zapatos.

—Ahí donde lo ves, casi un chico... ¿Verdad que parece un colegial que ha crecido de golpe? Bueno, tendrías que oír lo que cuenta la Rousse.

Josiane perseveraba en la costumbre de cruzar y separar los dedos cada vez que narraba algo apasionante. Me explicó el capricho del sudamericano, nada tan extraordinario después de todo, la negativa terminante de la Rousse, la partida ensimismada del cliente. Le pregunté si el sudamericano la había abordado alguna vez. Pues no, porque debía saber que la Rousse y ella eran amigas. Las conocía bien, vivía en el barrio, y cuando Josiane dijo eso yo miré con más atención y lo vi pagar su ajenjo echando una moneda en el platillo de peltre. mientras dejaba resbalar sobre nosotros —y era como si cesáramos de estar allí por un segundo interminable— una expresión distante y a la vez curiosamente fija, la cara de alguien que se ha inmovilizado en un momento de su sueño y rehúsa dar el paso que lo devolverá a la vigilia. Después de todo una expresión como ésa, aunque el muchacho fuese casi un adolescente y tuviera rasgos muy hermosos, podía llevar como de la mano a la pesadilla recurrente de Laurent. No perdí tiempo en proponérselo a Josiane.

—¿Laurent? ¡Estás loco! Pero si Laurent es...

Lo malo era que nadie sabía nada de Laurent,

aunque Kiki y Albert nos ayudaran a seguir pesando las probabilidades para divertirnos. Toda la teoría se vino abajo cuando el patrón, que milagrosamente escuchaba cualquier diálogo en el café, nos recordó que por lo menos algo se sabía de Laurent: la fuerza que le permitía estrangular a sus víctimas con una sola mano. Y ese muchacho, vamos... Sí, y ya era tarde y convenía volver a casa; yo tan solo porque esa noche Josiane la pasaba con alguien que ya la estaría esperando en la bohardilla, alguien que tenía la llave por derecho propio, y entonces la acompañé hasta el primer rellano para que no se asustara si se le apagaba la vela en mitad del ascenso, y desde una gran fatiga repentina la miré subir, quizá contenta aunque me hubiera dicho lo contrario, y después salí a la calle nevada y glacial y me puse a andar sin rumbo, hasta que en algún momento encontré como siempre el camino que me devolvería a mi barrio, entre gente que leía la sexta edición de los diarios o miraba por las ventanillas del tranvía como si realmente hubiera alguna cosa que ver a esa hora y en esas calles.

No siempre era fácil llegar a la zona de las galerías y coincidir con un momento libre de Josiane; cuántas veces me tocaba andar solo por los pasajes, un poco decepcionado, hasta sentir poco a poco que la noche era también mi amante. A la hora en que se encendían los picos de gas la animación se despertaba en nuestro reino, los cafés eran la bolsa del ocio

El otro cielo

[153]

y del contento, se bebía a largos tragos el fin de la jornada, los titulares de los periódicos, la política, los prusianos, Laurent, las carreras de caballos. Me gustaba saborear una copa aquí y otra más allá, atisbando sin apuro el momento en que descubriría la silueta de Josiane en algún codo de las galerías o en algún mostrador. Si ya estaba acompañada, una señal convenida me dejaba saber cuándo podría encontrarla sola; otras veces se limitaba a sonreír y a mí me quedaba el resto del tiempo para las galerías; eran las horas del explorador y así fui entrando en las zonas más remotas del barrio, en la Galerie Sainte-Foy, por ejemplo, y en los remotos Passages du Caire, pero aunque cualquiera de ellos me atrajera más que las calles abiertas (y había tantos, hoy era el Passage des Princes, otra vez el Passage Verdeau, así hasta el infinito), de todas maneras el término de una larga ronda que yo mismo no hubiera podido reconstruir me devolvía siempre a la Galerie Vivienne, no tanto por Josiane aunque también fuera por ella, sino por sus rejas protectoras, sus alegorías vetustas, sus sombras en el codo del Passage des Petits-Pères, ese mundo diferente donde no había que pensar en Irma y se podía vivir sin horarios fijos, al azar de los encuentros y de la suerte. Con tan pocos asideros no alcanzo a calcular el tiempo que pasó antes de que volviéramos a hablar casualmente del sudamericano; una vez me había parecido verlo salir de un portal de la rue Saint-Marc, envuelto en una de esas hopalandas negras que tanto se habían llevado cinco años atrás junto con sombreros de copa exageradamente alta, y estuve tentado de acercarme y preguntarle por su origen. Me lo impidió el pensar en la fría cólera con que yo habría recibido una interpelación de ese género, pero Josiane encontró luego que había sido una tontería de mi parte, quizá porque el sudamericano le interesaba a su manera, con algo de ofensa gremial y mucho de curiosidad. Se acordó de que unas noches atrás había creído reconocerlo de lejos en la Galerie Vivienne, que sin embargo él no parecía frecuentar.

—No me gusta esa manera que tiene de mirarnos —dijo Josiane—. Antes no me importaba, pero desde aquella vez que hablaste de Laurent...

—Josiane, cuando hice esa broma estábamos con Kikí y Albert. Albert es un soplón de la policía, supongo que lo sabes. ¿Crees que dejaría pasar la oportunidad si la idea le pareciera razonable? La cabeza de Laurent vale mucho dinero, querida.

—No me gustan sus ojos —se obstinó Josiane—. Y además que no te mira, la verdad es que te clava los ojos pero no te mira. Si un día me aborda salgo huyendo, te lo digo por esta cruz.

—Tienes miedo de un chico. ¿O todos los sudamericanos te parecemos unos orangutanes?

Ya se sabe cómo podían acabar esos diálogos. Íbamos a beber un grog al café de la rue des Jeuneurs, recorríamos las galerías, los teatros del bulevar, subíamos a la bohardilla, nos reíamos enormemente. Hubo algunas semanas —por fijar un término, es tan difícil ser justo con la felicidad— en que todo nos hacía reír, hasta las torpezas de Badinguet y el temor de la guerra nos divertían. Es casi ridículo admitir que algo tan desproporcionadamente inferior como Laurent pudiera acabar con nuestro contento, pero así fue. Laurent mató a otra mujer en la rue Beauregard —tan cerca, después de todo— y en el café nos quedamos como en misa y Marthe, que había entrado a la carrera para gritar la noticia, acabó en una explosión de llanto histérico que de algún modo nos ayudó a tragar la bola que teníamos en la garganta. Esa misma noche la policía nos pasó a todos por su peine más fino, de café en café y de hotel en hotel; Josiane buscó al amo y yo la dejé irse, comprendiendo que necesitaba la protección suprema que todo lo allanaba. Pero como en el fondo esas cosas me sumían en una vaga tristeza —las galerías no eran para eso, no debían ser para eso—, me puse a beber con Kikí y después con la Rousse que me buscaba como puente para reconciliarse con Josiane. Se bebía fuerte en nuestro café, y en esa niebla caliente de las voces y los tragos me pareció casi justo que a medianoche el sudamericano fuera a sentarse a una mesa del fondo y pidiera su ajenjo con la expresión de siempre, hermosa y ausente y alunada. Al preludio de confidencia de la Rousse contesté que ya lo sabía, y que después de todo el muchacho no era ciego y sus gustos no merecían tanto rencor; todavía nos reíamos de las falsas bofetadas de la Rousse cuando Kikí condescendió a decir que alguna vez había estado en su habitación. Antes de que la Rousse pudiera clavarle las diez uñas de una pregunta imaginable, quise saber cómo era ese cuarto. "Bah, qué importa el cuarto", decía desdeñosamente la Rousse, pero Kikí ya se metía de lleno en una bohardilla de la rue Notre-Dame-des-Victoires, sacando como un mal prestidigitador de barrio un gato gris, muchos papeles borroneados, un piano que ocupaba demasiado lugar, pero sobre todo papeles y al final otra vez el gato gris que en el fondo parecía ser el mejor recuerdo de Kikí.

Yo la dejaba hablar, mirando todo el tiempo hacia la mesa del fondo y diciéndome que al fin y al cabo hubiera sido tan natural que me acercara al sudamericano y le dijera un par de frases en español. Estuve a punto de hacerlo, y ahora no soy más que uno de los muchos que se preguntan por qué en algún momento no hicieron lo que habían pensado hacer. En cambio me quedé con la Rousse y Kikí, fumando una nueva pipa y pidiendo otra ronda de vino blanco; no me acuerdo bien de lo que sentía al renunciar a mi impulso, pero era algo como una veda, el sentimiento de que si la trasgredía iba a entrar en un territorio inseguro. Y sin embargo creo que hice mal, que estuve al borde de un acto que hubiera podido salvarme. Salvarme de qué, me pregunto. Pero precisamente de eso: salvarme de que hoy no pueda hacer otra cosa que preguntármelo, y que no haya otra respuesta que el humo del tabaco y esa vaga esperanza inútil que me sigue por las calles como un perro sarnoso.

Où sont-ils passés, les becs de gaz?
Que sont-elles devenues, les vendeuses d'amour?
..., VI, 1.

Poco a poco tuve que convencerme de que habíamos entrado en malos tiempos y que mientras Laurent y las amenazas prusianas nos preocuparan de ese modo, la vida no volvería a ser lo que había sido en las galerías. Mi madre debió notarme desmejorado porque me aconsejó que tomara algún tónico, y los padres de Irma, que tenían un chalet en una isla del Paraná, me invitaron a pasar una temporada de descanso y de vida higiénica. Pedí quince días de vacaciones y me fui sin ganas a la isla, enemistado de antemano con el sol y los mosquitos. El primer sábado pretexté cualquier cosa y volví a la ciudad, anduve como a los tumbos por calles donde los tacos se hundían en el asfalto blando. De esa vagancia estúpida me queda un brusco recuerdo delicioso: al entrar una vez más en el Pasaje Güemes me envolvió de golpe el aroma del café, su violencia ya casi olvidada en las galerías donde el café era flojo y recocido. Bebí dos tazas, sin azúcar, saboreando y oliendo a la vez, quemándome y feliz. Todo lo que siguió hasta el fin de la tarde olió distinto, el aire húmedo del centro estaba lleno de pozos de fragancia (volví a pie hasta mi casa, creo que le había prometido a mi madre cenar con ella), y en cada pozo del aire los olores eran más crudos, más intensos, jabón amarillo, café, tabaco negro, tinta de imprenta, yerba mate, todo olía encarnizadamente, y también el sol y el cielo eran más duros y acuciados.

Por unas horas olvidé casi rencorosamente el barrio de las galerías, pero cuando volví a cruzar el Pasaje Güemes (¿era realmente en la época de la isla? Acaso mezclo dos momentos de una misma temporada, y en realidad poco importa) fue en vano que invocara la alegre bofetada del café, su olor me pareció el de siempre y en cambio reconocí esa mezcla dulzona y repugnante del aserrín y la cerveza rancia que parece rezumar del piso de los bares del centro, pero quizá fuera porque de nuevo estaba deseando encontrar a Josiane y hasta confiaba en que el gran terror y las nevadas hubiesen llegado a su fin. Creo que en esos días empecé a sospechar que ya el deseo no bastaba como antes para que las cosas girasen acompasadamente y me propusieran algunas de las calles que llevaban a la Galerie Vivienne, pero también es posible que terminara por someterme mansamente al chalet de la isla para no entristecer a Irma, para que no sospechara que mi único reposo verdadero estaba en otra parte; hasta que no pude más y volví a la ciudad y caminé hasta agotarme, con la camisa pegada al cuerpo, sentándome en los bares para beber cerveza, esperando ya no sabía qué. Y cuando al salir del último bar vi que no tenía más que dar la vuelta a la esquina para internarme en mi barrio, la alegría se mezcló con la fatiga y una oscura conciencia de fracaso, porque bastaba mirar la cara de la gente para comprender que el gran terror estaba lejos de haber cesado, bastaba asomarse a los ojos de Josiane en su esquina de la rue d'Uzès y oírle decir quejumbrosa que el amo en persona había decidido protegerla de un posible

ataque; recuerdo que entre dos besos alcancé a entrever su silueta en el hueco de un portal, defendiéndo-
se de la cellisca envuelto en una larga capa gris.

Josiane no era de las que reprochan las ausencias,
y me pregunto si en el fondo se daba cuenta del paso
del tiempo. Volvimos del brazo a la Galerie Vivienne,
subimos a la bohardilla, pero después comprendimos
que no estábamos contentos como antes y lo atribui-
mos vagamente a todo lo que afligía al barrio; habría
guerra, era fatal, los hombres tendrían que incorpo-
rarse a las filas (ella empleaba solemnemente esas palabras con un ignorante, delicioso respeto), la gente
tenía miedo y rabia, la policía no había sido capaz de
descubrir a Laurent. Se consolaban guillotinando a
otros, como esa misma madrugada en que ejecutarían
al envenenador del que tanto habíamos hablado en el
café de la rue des Jeuneurs en los días del proceso;
pero el terror seguía suelto en las galerías y en los pasajes, nada había cambiado desde mi último encuentro con Josiane, y ni siquiera había dejado de nevar.

Para consolarnos nos fuimos de paseo, desafiando
el frío porque Josiane tenía un abrigo que debía ser
admirado en una serie de esquinas y portales donde
sus amigas esperaban a los clientes soplándose los dedos o hundiendo las manos en los manguitos de piel.
Pocas veces habíamos andado tanto por los bulevares,
y terminé sospechando que éramos sobre todo sensi-
bles a la protección de los escaparates iluminados; entrar en cualquiera de las calles vecinas (porque también
Liliane tenía que ver el abrigo, y más allá Francine) nos
iba hundiendo poco a poco en el espanto, hasta que el

abrigo quedó suficientemente exhibido y yo propuse nuestro café y corrimos por la rue du Croissant hasta dar la vuelta a la manzana y refugiarnos en el calor y los amigos. Por suerte para todos la idea de la guerra se iba adelgazando a esa hora en las memorias, a nadie se le ocurría repetir los estribillos obscenos contra los prusianos, se estaba tan bien con las copas llenas y el calor de la estufa, los clientes de paso se habían marchado y quedábamos solamente los amigos del patrón, el grupo de siempre y la buena noticia de que la Rousse había pedido perdón a Josiane y se habían reconciliado con besos y lágrimas y hasta regalos. Todo tenía algo de guirnalda (pero las guirnaldas pueden ser fúnebres, lo comprendí después) y por eso, como afuera estaban la nieve y Laurent, nos quedábamos lo más posible en el café y nos enterábamos a medianoche de que el patrón cumplía cincuenta años de trabajo detrás del mismo mostrador, y eso había que festejarlo, una flor se trenzaba con la siguiente, las botellas llenaban las mesas porque ahora las ofrecía el patrón y no se podía desairar tanta amistad y tanta dedicación al trabajo, y hacia las tres y media de la mañana Kiki completamente borracha terminaba de cantarnos los mejores aires de la opereta de moda mientras Josiane y la Rousse lloraban abrazadas de felicidad y ajenjo, y Albert, casi sin darle importancia, trenzaba otra flor en la guirnalda y proponía terminar la noche en la Roquette donde guillotinaban al envenenador exactamente a las seis, y el patrón descubría emocionado que ese final de fiesta era como la apoteosis de cincuenta años de trabajo honrado y se obligaba, abrazándonos a todos y hablándonos de su esposa muerta en el Languedoc, a alquilar dos fiacres para la expedición.

A eso siguió más vino, la evocación de diversas madres y episodios sobresalientes de la infancia, y una sopa de cebolla que Josiane y la Rousse llevaron a lo sublime en la cocina del café mientras Albert, el patrón y yo nos prometíamos amistad eterna y muerte a los prusianos. La sopa y los quesos debieron ahogar tanta vehemencia, porque estábamos casi callados y hasta incómodos cuando llegó la hora de cerrar el café con un ruido interminable de barras y cadenas, y subir a los fiacres donde todo el frío del mundo parecía estar esperándonos. Más nos hubiera valido viajar juntos para abrigarnos, pero el patrón tenía principios humanitarios en materia de caballos y montó en el primer fiacre con la Rousse y Albert mientras me confiaba a Kikí y a Josiane quienes, dijo, eran como sus hijas. Después de festejar adecuadamente la frase con los cocheros, el ánimo nos volvió al cuerpo mientras subíamos hacia Popincourt entre simulacros de carreras, voces de aliento y lluvias de falsos latigazos. El patrón insistió en que bajáramos a cierta distancia, aduciendo razones de discreción que no entendí, y tomados del brazo para no resbalar demasiado en la nieve congelada remontamos la rue de la Roquette vagamente iluminada por reverberos aislados, entre sombras movientes que de pronto se resolvían en sombreros de copa, fiacres al trote y grupos de embozados que acababan amontonándose frente a un ensanchamiento de la calle, bajo la otra sombra más alta y más negra de la cárcel. Un mundo clandestino se codeaba, se pasaba botellas de mano en mano, repetía una broma que corría entre carcajadas y chillidos sofocados, y también había bruscos silencios y rostros iluminados un instante por un yesquero mientras seguíamos avanzando dificultosamente y cuidábamos de no separarnos como si cada uno supiera que sólo la voluntad del grupo podía perdonar su presencia en ese sitio. La máquina estaba ahí sobre sus cinco bases de piedra, y todo el aparato de la justicia aguardaba inmóvil en el breve espacio entre ella y el cuadro de soldados con los fusiles apoyados en tierra y las bayonetas caladas. Josiane me hundía las uñas en el brazo y temblaba de tal manera que hablé de llevármela a un café, pero no había cafés a la vista y ella se empecinaba en quedarse. Colgada de mí y de Albert, saltaba de tanto en tanto para ver mejor la máquina, volvía a clavarme las uñas, y al final me obligó a agachar la cabeza hasta que sus labios encontraron mi boca, y me mordió histéricamente murmurando palabras que pocas veces le había oído y que colmaron mi orgullo como si por un momento hubiera sido el amo. Pero de todos nosotros el único aficionado apreciativo era Albert; fumando un cigarro mataba los minutos comparando ceremonias, imaginando el comportamiento final del condenado, las etapas que en ese mismo momento se cumplían en el interior de la prisión y que conocía en detalle por razones que se callaba. Al principio lo escuché con avidez para enterarme de cada nimia articulación de la liturgia, hasta que lentamente, como desde más allá de él y de

Josiane y de la celebración del aniversario, me fue invadiendo algo que era como un abandono, el sentimiento indefinible de que eso no hubiera debido ocurrir en esa forma, que algo estaba amenazando en mí el mundo de las galerías y los pasajes, o todavía peor, que mi felicidad en ese mundo había sido un preludio engañoso, una trampa de flores como si una de las figuras de yeso me hubiera alcanzado una guirnalda mentida (y esa noche yo había pensado que las cosas se tejían como las flores en una guirnalda), para caer poco a poco en Laurent, para derivar de la embriaguez inocente de la Galerie Vivienne y de la bohardilla de Josiane, lentamente ir pasando al gran terror, a la nieve, a la guerra inevitable, a la apoteosis de los cincuenta años del patrón, a los fiacres ateridos del alba, al brazo rígido de Josiane que se prometía no mirar y buscaba ya en mi pecho dónde esconder la cara en el momento final. Me pareció (y en ese instante las rejas empezaban a abrirse y se oía la voz de mando del oficial de la guardia) que de alguna manera eso era un término, no sabía bien de qué porque al fin y al cabo yo seguiría viviendo, trabajando en la Bolsa y viendo de cuando en cuando a Josiane, a Albert y a Kikí que ahora se había puesto a golpearme histéricamente el hombro, y aunque no quería desviar los ojos de las rejas que terminaban de abrirse, tuve que prestarle atención por un instante y siguiendo su mirada entre sorprendida y burlona alcancé a distinguir casi al lado del patrón la silueta un poco agobiada del sudamericano envuelto en la hopalanda negra, y curiosamente pensé que también eso entraba de alguna manera en la guirnalda y que era un poco como si una mano acabara de trenzar en ella la flor que la cerraría antes del amanecer. Y ya no pensé más porque Josiane se apretó contra mí gimiendo, y en la sombra que los dos reverberos de la puerta agitaban sin ahuyentarla, la mancha blanca de una camisa surgió como flotando entre dos siluetas negras, apareciendo y desapareciendo cada vez que una tercera sombra voluminosa se inclinaba sobre ella con los gestos del que abraza o amonesta o dice algo al oído o da a besar alguna cosa, hasta que se hizo a un lado y la mancha blanca se definió más de cerca, encuadrada por un grupo de gentes con sombreros de copa y abrigos negros, y hubo como una prestidigitación acelerada, un rapto de la mancha blanca por las dos figuras que hasta ese momento habían parecido formar parte de la máquina, un gesto de arrancar de los hombros un abrigo ya innecesario, un movimiento presuroso hacia adelante, un clamor ahogado que podía ser de cualquiera, de Josiane convulsa contra mí, de la mancha blanca que parecía deslizarse bajo el armazón donde algo se desencadenaba con un chasquido y una conmoción casi simultáneos. Creí que Josiane iba a desmayarse, todo el peso de su cuerpo resbalaba a lo largo del mío como debía estar resbalando el otro cuerpo hacia la nada, y me incliné para sostenerla mientras un enorme nudo de gargantas se desataba en un final de misa con el órgano resonando en lo alto (pero era un caballo que relinchaba al oler la sangre) y el reflujo nos empujó entre gritos y órdenes militares. Por encima del sombrero de Josiane que se había puesto a llorar compasivamente contra mi estómago, alcancé a reconocer al patrón emocionado, a Albert en la gloria, y el perfil del sudamericano perdido en la contemplación imperfecta de la máquina que las espaldas de los soldados y el afanarse de los artesanos de la justicia le iban librando por manchas aisladas, por relámpagos de sombra entre gabanes y brazos y un afán general por moverse y partir en busca de vino caliente y de sueño, como nosotros amontonándonos más tarde en un fiacre para volver al barrio, comentando lo que cada uno había creído ver y que no era lo mismo, no era nunca lo mismo y por eso valía más porque entre la rue de la Roquette y el barrio de la Bolsa había tiempo para reconstruir la ceremonia, discutirla, sorprenderse en contradicciones, jactarse de una vista más aguda o de unos nervios más templados para admiración de última hora de nuestras tímidas compañeras.

Nada podía tener de extraño que en esa época mi madre me notara más desmejorado y se lamentara sin disimulo de una indiferencia inexplicable que hacía sufrir a mi pobre novia y terminaría por enajenarme la protección de los amigos de mi difunto padre gracias a los cuales me estaba abriendo paso en los medios bursátiles. A frases así no se podía contestar más que con el silencio, y aparecer algunos días después con una nueva planta de adorno o un vale para madejas de lana a precio rebajado. Irma era más comprensiva, debía confiar simplemente en que el matrimonio me devolvería alguna vez a la normalidad burocrática, y en esos últimos tiempos yo estaba al borde de darle la razón pero me era imposible renunciar a la esperanza de que el gran terror llegara a su fin en el barrio de las galerías y que volver a mi casa no se pareciera ya a una escapatoria, a un ansia de protección que desaparecía tan pronto como mi madre empezaba a mirarme entre suspiros o Irma me tendía la taza de café con la sonrisa de las novias arañas. Estábamos por ese entonces en plena dictadura militar, una más en la interminable serie, pero la gente se apasionaba sobre todo por el desenlace inminente de la guerra mundial y casi todos los días se improvisaban manifestaciones en el centro para celebrar el avance aliado y la liberación de las capitales europeas, mientras la policía cargaba contra los estudiantes y las mujeres, los comercios bajaban presurosamente las cortinas metálicas y yo, incorporado por la fuerza de las cosas a algún grupo detenido frente a las pizarras de *La Prensa*, me preguntaba si sería capaz de seguir resistiendo mucho tiempo a la sonrisa consecuente de la pobre Irma y a la humedad que me empapaba la camisa entre rueda y rueda de cotizaciones. Empecé a sentir que el barrio de las galerías ya no era como antes el término de un deseo, cuando bastaba echar a andar por cualquier calle para que en alguna esquina todo girara blandamente y me allegara sin esfuerzo a la Place des Victoires donde era tan grato demorarse vagando por las callejuelas con sus tiendas y zaguanes polvorientos, y a la hora más propicia entrar en la Galerie Vivienne en busca de Josiane, a menos que

caprichosamente prefiriera recorrer primero el Passage des Panoramas o el Passage des Princes y volver
dando un rodeo un poco perverso por el lado de la
Bolsa. Ahora, en cambio, sin siquiera tener el consuelo de reconocer como aquella mañana el aroma vehe-
mente del café en el Pasaje Güemes (olía a aserrín, a
lejía), empecé a admitir desde muy lejos que el barrio
de las galerías no era ya el puerto de reposo, aunque
todavía creyera en la posibilidad de liberarme de mi
trabajo y de Irma, de encontrar sin esfuerzo la esquina de Josiane. A cada momento me ganaba el deseo
de volver; frente a las pizarras de los diarios, con los
amigos, en el patio de casa, sobre todo al anochecer,
a la hora en que allá empezarían a encenderse los picos de gas. Pero algo me obligaba a demorarme junto a mi madre y a Irma, una oscura certidumbre de
que en el barrio de las galerías ya no me esperarían
como antes, de que el gran terror era el más fuerte.
Entraba en los bancos y en las casas de comercio con
un comportamiento de autómata, tolerando la cotidiana obligación de comprar y vender valores y escuchar los cascos de los caballos de la policía cargando
contra el pueblo que festejaba los triunfos aliados, y
tan poco creía ya que alcanzaría a liberarme una vez
más de todo eso que cuando llegué al barrio de las
galerías tuve casi miedo, me sentí extranjero y diferente como jamás me había ocurrido antes, me refu-
gié en una puerta cochera y dejé pasar el tiempo y la
gente, forzado por primera vez a aceptar poco a poco
todo lo que antes me había parecido mío, las calles y
los vehículos, la ropa y los guantes, la nieve en los

patios y las voces en las tiendas. Hasta que otra vez fue el deslumbramiento, fue encontrar a Josiane en la Galerie Colbert y enterarme entre besos y brincos de que ya no había Laurent, que el barrio había festejado noche tras noche el fin de la pesadilla, y todo el mundo había preguntado por mí y menos mal que por fin Laurent, pero dónde me había metido que no me enteraba de nada, y tantas cosas y tantos besos. Nunca la había deseado más y nunca nos quisimos mejor bajo el techo de su cuarto que mi mano podía tocar desde la cama. Las caricias, los chismes, el delicioso recuento de los días mientras el anochecer iba ganando la bohardilla. ¿Laurent? Un marsellés de pelo crespo, un miserable cobarde que se había atrincherado en el desván de la casa donde acababa de matar a otra mujer, y había pedido gracia desesperadamente mientras la policía echaba abajo la puerta. Y se llamaba Paul, el monstruo, hasta eso, fíjate, y acababa de matar a su novena víctima, y lo habían arrastrado al coche celular mientras todas las fuerzas del segundo distrito lo protegían sin ganas de una muchedumbre que lo hubiera destrozado. Josiane había tenido ya tiempo de habituarse, de enterrar a Laurent en su memoria que poco guardaba las imágenes, pero para mí era demasiado y no alcanzaba a creerlo del todo hasta que su alegría me persuadió de que verdaderamente ya no habría más Laurent, que otra vez podíamos vagar por los pasajes y las calles sin desconfiar de los portales. Fue necesario que saliéramos a festejar juntos la liberación, y como ya no nevaba Josiane quiso ir a la rotonda del Palais Royal que nunca habíamos frecuentado en los tiempos de Laurent. Me prometí, mientras bajábamos cantando por la rue des Petits Champs, que esa misma noche llevaría a Josiane a los cabarets de los bulevares, y que terminaríamos la velada en nuestro café donde a fuerza de vino blanco me haría perdonar tanta ingratitud y tanta ausencia.

Por unas pocas horas bebí hasta los bordes el tiempo feliz de las galerías, y llegué a convencerme de que el final del gran terror me devolvía sano y salvo a mi cielo de estucos y guirnaldas; bailando con Josiane en la rotonda me quité de encima la última opresión de ese interregno incierto, nací otra vez a mi mejor vida tan lejos de la sala de Irma, del patio de casa, del menguado consuelo del Pasaje Güemes. Ni siquiera cuando más tarde, charlando de tanta cosa alegre con Kikí y Josiane y el patrón, me enteré del final del sudamericano, ni siquiera entonces sospeché que estaba viviendo un aplazamiento, una última gracia; por lo demás ellos hablaban del sudamericano con una indiferencia burlona, como de cualquiera de los extravagantes del barrio que alcanzan a llenar un hueco en una conversación donde pronto nacerán temas más apasionantes, y que el sudamericano acabara de morirse en una pieza de hotel era apenas algo más que una información al pasar, y Kikí discurría ya sobre las fiestas que se preparaban en un molino de la Butte, y me costó interrumpirla, pedirle algún detalle sin saber demasiado por qué se lo pedía. Por Kikí acabé sabiendo algunas cosas mínimas, el nombre del sudamericano que al fin y al cabo era un nombre francés y que olvidé enseguida, su enfermedad repentina en la rue du Faubourg Montmartre donde Kikí tenía un amigo que le había contado; la soledad, el miserable cirio ardiendo sobre la consola atestada de libros y papeles, el gato gris que su amigo había recogido, la cólera del hotelero a quien le hacían eso precisamente cuando esperaba la visita de sus padres políticos, el entierro anónimo, el olvido, las fiestas en el molino de la Butte, el arresto de Paul el marsellés, la insolencia de los prusianos a los que ya era tiempo de darles la lección que se merecían. Y de todo eso yo iba separando, como quien arranca dos flores secas de una guirnalda, las dos muertes que de alguna manera se me antojaban simétricas, la del sudamericano y la de Laurent, el uno en su pieza de hotel, el otro disolviéndose en la nada para ceder su lugar a Paul el marsellés, y eran casi una misma muerte, algo que se borraba para siempre en la memoria del barrio. Todavía esa noche pude creer que todo seguiría como antes del gran terror, y Josiane fue otra vez mía en su bohardilla y al despedirnos nos prometimos fiestas y excursiones cuando llegase el verano. Pero helaba en las calles, y las noticias de la guerra exigían mi presencia en la Bolsa a las nueve de la mañana; con un esfuerzo que entonces creí meritorio me negué a pensar en mi reconquistado cielo, y después de trabajar hasta la náusea almorcé con mi madre y le agradecí que me encontrara más repuesto. Esa semana la pasé en plena lucha bursátil, sin tiempo para nada, corriendo a casa para darme una ducha y cambiar una camisa empapada por otra que al rato estaba peor. La bomba cayó sobre Hiroshima y todo fue confusión entre mis clientes, hubo que librar una larga batalla para salvar los valores más comprometidos y encontrar un rumbo aconsejable en ese mundo donde cada día era una nueva derrota nazi y una enconada, inútil reacción de la dictadura contra lo irreparable. Cuando los alemanes se rindieron y el pueblo se echó a la calle en Buenos Aires, pensé que podría tomarme un descanso, pero cada mañana me esperaban nuevos problemas, en esas semanas me casé con Irma después que mi madre estuvo al borde de un ataque cardíaco y toda la familia me lo atribuyó quizá justamente. Una y otra vez me pregunté por qué, si el gran terror había cesado en el barrio de las galerías, no me llegaba la hora de encontrarme con Josiane para volver a pasear bajo nuestro cielo de yeso. Supongo que el trabajo y las obligaciones familiares contribuían a impedírmelo, y sólo sé que de a ratos perdidos me iba a caminar como consuelo por el Pasaje Güemes, mirando vagamente hacia arriba, tomando café y pensando cada vez con menos convicción en las tardes en que me había bastado vagar un rato sin rumbo fijo para llegar a mi barrio y dar con Josiane en alguna esquina del atardecer. Nunca he querido admitir que la guirnalda estuviera definitivamente cerrada y que no volvería a encontrarme con Josiane en los pasajes o los bulevares. Algunos días me da por pensar en el sudamericano, y en esa rumia desganada llego a inventar como un consuelo, como si él nos hubiera matado a Laurent y a mí con su propia muerte; razonablemente me digo que no, que exagero, que cualquier día volveré a entrar en el barrio de las galerías y encontraré a

Josiane sorprendida por mi larga ausencia. Y entre una cosa y otra me quedo en casa tomando mate, escuchando a Irma que espera para diciembre, y me pregunto sin demasiado entusiasmo si cuando lleguen las elecciones votaré por Perón o por Tamborini, si votaré en blanco o sencillamente me quedaré en casa tomando mate y mirando a Irma y a las plantas del patio.

En *Todos los fuegos el fuego* (1966)

Estudio de *Casa tomada y otros cuentos*

Por Aníbal Jarkowski

[Biografía del autor]

Julio Cortázar nació el 26 de agosto de 1914 en Bruselas, ya que por entonces su padre encabezaba una misión económica con sede en la embajada argentina en Bélgica. Luego de la guerra la familia regresó al país y se radicó en Banfield. Poco después el padre los abandonaría, lo que acaso explique, al menos en parte, la ausencia o la pobre significación que las figuras paternas tienen en la obra de Cortázar.

Cursó estudios de magisterio en el colegio Mariano Acosta de Buenos Aires, donde más tarde obtuvo el título de profesor normal en Letras. Entre 1937 y 1939 dictó clases en escuelas secundarias de Bolívar y Chivilcoy, publicó con seudónimo la colección de poemas *Presencia*, y escribió sus primeros cuentos, que permanecerían inéditos hasta después de su muerte. En 1944 comenzó a dictar cursos de literatura francesa en la Universidad de Cuyo, en Mendoza, aunque renunció a la cátedra cuando el gobierno peronista, elegido por sufragio en 1946, intervino esa casa de estudios.

De regreso a Buenos Aires trabajó para la Cámara del Libro, empleo de escasa exigencia intelectual pero que le dejaba tiempo libre para dedicarse a la literatura. Por entonces cursó "toda la carrera de traductor en ocho o nueve meses", escribió las novelas *Divertimento* y *El examen*, recién editadas en 1986 y donde se advierten, por una parte, temas y procedimientos que prefiguran *Los premios* y *Rayuela*, y por otra, su profundo rechazo de la ideología y las ceremonias del régimen peronista. En 1944, en una revista dirigida por Borges, apareció *Casa tomada*, su primer cuento, y en 1949 publicó *Los reyes*, poema dramático que apenas llamó alguna atención en el ambiente académico.

En 1951, cuando ya había reunido una considerable cantidad de cuentos que permanecían inéditos, obtuvo una beca que le permitió viajar a París –"no tanto por el hecho de que hubiera cosas que me molestaban de Argentina, que las había, sino porque Francia representaba para mí, en esos momentos, un polo de atracción enorme"– y a la vez poner distancia con una realidad que para muchos escritores e intelectuales de la época resultó intolerable o incomprensible –"...los choques, las fricciones, la sensación de violación que padecíamos cotidianamente frente a ese desborde popular, nuestra condición de jóvenes burgueses que leíamos en varios idiomas nos impidió entender ese fenómeno. Nos molestaban mucho los altoparlantes en las esquinas gritando ¡Perón, Perón, qué grande sos! Porque se intercalaban con el último concierto de Alban Berg"–.

Ese mismo año apareció en Buenos Aires *Bestiario*, su primera colección de relatos donde el último, como en todos los libros de Cortázar, da título a la obra. Más allá de que incluyera cuentos que con el tiempo devendrían canónicos –"Casa tomada", "Lejana", "Carta a una señorita en París"–, su circulación fue casi invisible para los lectores.

Con la radicación definitiva en París, comienza el período que, extendido hasta 1968, resulta el más brillante de la literatura de Cortázar. Publicó entonces sus mejores libros de relatos breves –*Bestiario*, *Final del juego* (1956, y con nuevos cuentos en 1964), *Las armas secretas* (1959), *Historias de Cronopios y de Famas* (1962) y *Todos los fuegos el fuego* (1966)–, y un extraordinario ciclo de novelas –*Los premios* (1960), *Rayuela* (1963) y *62 / Modelo para armar* (1968)– que renovó tanto las pautas de escritura del género como también las de su lectura. Particularmente una de esas novelas, *Rayuela*, se convirtió en emblema de las renovaciones estéticas que marcaron la década del 60 y recibió la doble consagración que rara vez consigue un libro: la de la crítica y la del público.

Por otro lado, esos mismos años en Francia fueron, curiosamente, los de su descubrimiento de la complejidad política y social de América latina, proceso que al comienzo fue sólo "una especie de indignación meramente intelectual, sin ninguna consecuencia práctica", pero devino en compromiso personal a partir de 1961, con su primer viaje a la Cuba revolucionaria y antiimperialista –"Eso fue para mí algo catártico; fue una experiencia que me sacudió lo más profundo. De pronto vi en Cuba, con entusiasmo, fenómenos multitudinarios que en Buenos Aires había vivido con espanto"–.

Desde aquellos años la figura pública de Cortázar tendrá siempre la doble faz del escritor que construyó una obra audaz e inconfundible y el intelectual comprometido con las causas revolucionarias. Su popularidad, mayor a la de cualquier otro escritor argentino, se mantuvo intacta con cada nuevo libro –*La vuelta al día en ochenta mundos* (1967), *Último round* (1969), *Libro de Manuel* (1973), *Octaedro* (1974)–; el cine adaptó varios de sus relatos y se sucedieron las reediciones, traducciones y estudios de su obra. Sin embargo, hacia fines de la década del 60, su magisterio en el campo cultural argentino comenzó a ser discutido.

Por una parte, su permanencia en París fue sancionada como una comodidad que lo inhabilitaba para opinar sobre la situación política argentina, a la vez que su apoyo a las luchas revolucionarias era subestimado por declarativo, contradictorio, incompleto o candoroso. Por la otra, la generación de escritores que siguió a la de Cortázar vio en sus nuevos libros la insistencia en fórmulas ya agotadas, cuya repetición sólo obedecía a demandas del mercado editorial. En esa encrucijada, nuevas lecturas de la obra de Borges hicieron que el magisterio pasara a sus manos.

A fines de 1973 Cortázar recibió amenazas de la Triple A, organización parapolicial dirigida por el entonces ministro López Rega, y su situación personal, que hasta entonces era la de quien voluntariamente vivía fuera de la Argentina, se convirtió en la del exiliado político. Ya no podrá regresar, como lo hacía cada tanto para visitar a su madre, y comenzó a ejercerse censura sobre la edición de sus libros en el país.

Los años que siguieron al golpe militar de 1976 fueron atroces para la sociedad argentina. Cortázar continuó con su obra literaria –*Alguien que anda por ahí* (Madrid, 1977), *Un tal Lucas* (1979), *Queremos tanto a Glenda* (México,1980), *Deshoras* (Madrid, 1982)–, pero aprovechando su prestigio internacional escribió ensayos y artículos donde denunció el plan de encarcelamiento, tortura y desaparición de personas impuesto por la dictadura militar. En paralelo, viajó numerosas veces a Nicaragua para apoyar al gobierno revolucionario que en 1979 derrocó a la tiranía de Somoza, publicó crónicas de esos viajes y donó al pueblo nicaragüense las ganancias que le correspondían como autor de sus nuevos libros.

A fines de 1983, con la recuperación del estado de derecho, volvió a la Argentina por unas pocas semanas. De regreso en París murió el 12 de febrero de 1984.

[Análisis de la obra]

L a presente antología sucede los relatos en el orden cronológico de su aparición en libro, cubriendo un arco temporal entre *Bestiario* (1951) y *Todos los fuegos el fuego* (1966). Este criterio, inevitablemente, induce a un recorrido de lectura, aunque no pretende rivalizar con otros también posibles e incluso recomendables como la curiosidad que despiertan ciertos títulos, la extensión de los relatos, la fama de algunos de ellos, el consejo de un docente o, sencillamente, el abandono al azar.

Ninguna de esas alternativas es mejor que las otras y todas, al cabo, verificarán que la literatura de Cortázar consiste en una serie de modulaciones entre lo que cambia y lo que se repite. Cambian, por ejemplo, los procedimientos narrativos, pero se corresponden siempre con una visión extrañada del mundo cuyo sentido es criticar las categorías que habitualmente ordenan –o limitan– nuestra percepción de la realidad: el tiempo, el espacio, la causalidad racional, el gusto adquirido, la moral.

"Cuando la vida se torna rutinaria y la realidad no ofrece las posibilidades deseadas –escribió la crítica Mónica Tamborenea–, el personaje cortazariano logra el acceso a su mundo imaginario". En efecto, a través de algún pasaje –una puerta, un pasillo, un puente, un túnel, una galería, un libro, un nombre, un sueño, una mentira– los personajes acceden a alguna experiencia vinculada con el deseo y que, atroz o placentera, ante todo posee la cualidad de ser radicalmente nueva. En ese sentido, en cada relato está una misma ideología según la cual, con palabras del propio Cortázar, "lo fantástico incluye la realidad, y no sólo la incluye sino que la necesita".

Esa ideología, de todos modos, necesita formas para convertirse en texto y el procedimiento dominante es la construcción de dimensiones dobles –aquí/allá, presente/pasado, presente/futuro, yo/otro yo, realidad/ficción, represión/deseo– que, a la vez, se oponen y complementan, de manera que las habituales pautas interpretativas del lector deben ponerse en duda o, en caso contrario, abandonar la lectura.

Ese mecanismo de duplicación es común a todos los cuentos y se realiza según dos impulsos equivalentes: volviendo extraño lo familiar o normalizando lo extraordinario. Ambas formas pertenecen a la tradición de la literatura fantástica, por cierto, pero también responden a los principios de la patafísica, "ciencia de lo particular" fundada por Alfred Jarry (1873-1907) con el propósito de estudiar "las leyes que rigen las excepciones" y describir "un universo que pueda verse y que quizás deba verse en reemplazo del tradicional".

Respecto del primer impulso, "Lejana" es un ejemplo notable ya que la protagonista presiente que el enigma de su identidad se esconde en lo más familiar para ella: su nombre propio. Igual a la extrañeza que sentimos al comprobar que una persona muy distinta de nosotros lleva, sin embargo, nuestro mismo nombre, Alina Reyes descubre que el suyo, mediante un anagrama, puede convertirse en la frase "es la reina y..." y a partir de entonces su destino será cerrar aquella frase trunca. Extrañezas del mismo tipo se reencuentran en "Continuidad de los parques" –donde un cotidiano acto de lectura permite a un hombre leer la historia de su propia muerte– o en la serie de las Instrucciones –que vuelven exóticas las situaciones de llorar, dar cuerda al reloj o asistir a un velorio–.

En cuanto al impulso que normaliza lo extraordinario, es paradigmático "El otro cielo", cuyo narrador, con sólo atravesar una galería, se desliza desde la rutinaria y tediosa Buenos Aires de mediados del siglo XX hasta los misterios del erotismo y el crimen en París durante el siglo XIX. Esta misma naturalización de lo extraño es la que reaparece en el comportamiento de los hermanos de "Casa tomada", entre los familiares que sostienen una mentira hasta el punto de no poder distinguirla de la verdad en "La salud de los enfermos", o en la equivalencia de actos que pertenecen a tiempos, espacios y realidades diferentes –"La noche boca arriba", "Las armas secretas"–.

Un segundo mecanismo, que acompaña los procesos de duplicación y los vuelve aun más enigmáticos, es el de la elipsis. Se trata, en este caso, de un procedimiento que consiste en producir significación no a partir de la presencia de signos sino, precisamente, de su ausencia –como ocurre con el invitado que, para convertirse en el centro de una fiesta, decide no ir y de ese modo provoca que todos pasen la noche esperándolo, hablando de él, preguntándose por qué no ha llegado–.

En verdad, en cualquier narración por cada cosa que se cuenta hay muchas, muchísimas otras que se eliden porque de otro modo, sencillamente, narrar sería imposible. Más allá de esa ley general, la literatura moderna convirtió a la elipsis en un procedimiento central no sólo de géneros populares como la novela policial –donde la elisión de la identidad del asesino sostiene la intriga hasta el final del relato–, sino también de escrituras cultas como, por ejemplo, las de Kafka, Borges o el propio Cortázar, que apreciaron la elipsis al menos por dos motivos. Por una parte, porque la elipsis pone en crisis la confianza ciega en la ilimitada capacidad de la razón humana, y por la otra porque es un refinamiento artístico que necesita de lectores también refinados para la construcción del hecho estético.

"Casa tomada", en este sentido, es el mejor modelo de un uso radical de la elipsis. Fue el primer relato publicado por Cortázar, el primero de esta antología, y también el primero de *Bestiario*. Sin arbitrariedad, es imaginable que, cuando Cortázar decidió abrir su primer libro de cuentos con ese relato, no sólo confió en su valor literario sino también ofreció a los lectores algo así como un prólogo encubierto, un prototipo de narración que enseña a leer el resto del volumen.

En 1999 casi setenta críticos y escritores respondieron a la invitación del crítico Sergio Olguín para que eligieran sus "diez cuentos favoritos de la literatura argentina". Entre los trescientos catorce relatos votados, veintiocho eran de Cortázar –el autor con mayor número de cuentos elegidos– y "Casa tomada" estaba entre los cuatro que recibieron la mayor cantidad de votos. Más allá de ese dato, la eficacia del relato ha sido tan extraordinaria que, medio siglo después de su publicación, no han cesado los intentos por llenar el vacío generado por la elipsis: ¿quiénes "tomaron la casa" (si es que alguien la tomó)?

Por años, algunos lectores esperaron que el propio Cortázar contestara a esa pregunta, sin imaginar que él tampoco conocía la respuesta. Otros, menos perezosos, a partir de distintos elementos del relato elaboraron hipótesis ya sea en clave histórica –la decadencia de las familias patricias argentinas–, sociológica –los movimientos demográficos que acompañaron la industrialización del país–, política –la emergencia del peronismo–, psicoanalítica –la fantasía de incesto entre hermanos–, económica –la lucha de clases– o biográfica –el desencuentro del autor con la realidad nacional–. Aun considerando el interés o la solidez que pueda tener cada una de esas hipótesis, todas coinciden en contradecir, precisamente, el funcionamiento de la elipsis, lo que testimonia la compulsión de muchos lectores a fijar un sentido único y pleno a aquello que leen, como si de otro modo los embargara la angustia o el sentimiento de un fracaso personal.

Respecto de esto último, los críticos y el propio Cortázar han señalado la relación de complicidad que su literatura establece con los lectores, aunque debería precisarse que esa relación es el efecto de las exigencias de una obra con nítido perfil experimental. Por dar apenas un ejemplo, puede observarse que estos relatos raramente utilizan los plenos poderes del narrador omnisciente y que, si recurren a ese procedimiento habitual en la tradición literaria, lo hacen de un modo ambiguo –"La salud de los enfermos"–, parcial –"Lejana"– o irónico –"Acefalía", "Cuento sin moraleja"–.

Cortázar poseía un extraordinario dominio del idioma, que le permitió estilizar registros tan diversos como los de la escritura culta –"La noche boca arriba"–, la oralidad infantil –"Los venenos"– o los estereotipos lingüísticos de las clases medias –"Conducta en los velorios"–; una refinada formación intelectual y estética, igualmente interesada en la literatura, la filosofía o la mitología clásicas y en las renovaciones del

arte de vanguardia, y una clara predilección hacia los procedimientos narrativos no convencionales, por lo que su
literatura no sólo tiene la notable cualidad de crear lectores sofisticados para sus propios libros, sino que además, prodigiosamente, forma lectores para libros ajenos.
Sería extraño que un atento lector de sus cuentos no se
convirtiese más tarde en un buen lector de los relatos de,
por ejemplo, Edgar Allan Poe, Jorge Luis Borges, Franz
Kafka, Henry James, Silvina Ocampo, Adolfo Bioy Casares
o Juan Carlos Onetti.

[Índice]

Otros títulos de la serie

Don Quijote de la Mancha
Miguel de Cervantes

Los Jefes
Mario Vargas Llosa

Puentes como liebres y otros cuentos
Mario Benedetti

Crimen y misterio
Antología de relatos de suspenso
Thomas Hardy, O Henry, Jack London, Edgar Allan Poe,
Robert Louis Stevenson y Oscar Wilde

Historias pasadas
Antología de cuentos hispanoamericanos
Abelardo Castillo, Inés Fernández Moreno, Liliana Heker,
José María Merino, Rosa Montero, Andrés Rivera,
Ana María Shua y Héctor Tizón

Noches de pesadilla
Antología de cuentos de terror
Ambrose Bierce, Charlotte Brontë, William Wymark
Jacobs, Joseph Sheridan Le Fanu, Bram Stoker,
Catherine Wells y Herbert George Wells

Esta primera edición
de 6.000 ejemplares
se terminó de imprimir en
el mes de octubre de 2005
en Verlap s.a., Comandante Spurr 654,
Avellaneda, Buenos Aires,
República Argentina